「ボクはフェア、よろしくね」
3
Ryuta Kijima
木嶋隆太
illustration
さんど
最強タンクの迷宮攻略

サミミナは想像以上に
動きが良かった。

スロースは、木の根に足を取られたのかそのまま転んだ。
「わ、わわっ!?」

リリィはやがて、ベビーワイバーンの
頭をそっと撫でた。

「可愛いわね、この子！」

ニンが目を輝かせる。

「ババ！」

ベビーワイバーンは
嬉しそうに鳴く。

リリィも目を輝かせている。

「リリィ。泳がないの」
ニンは笑いながらマニシアの髪に触れた。

「ほら、じっとしてて」
「……は、はい」

CHARACTERS

最強タンクの迷宮攻略3

ルナ

ホムンクルスの少女。
高い戦闘能力を
有している。

マニシア

ルードの妹。
病弱だったが迷宮の魔石を
使用して回復に向かっている。

ルード

歴代最高の体力を持つ冒険者。
スキルを使って他人のダメージを
肩代わりすることができる。

サミミナ

ホムンクルスの少女。
剣の扱いが上手いが、
コミュニケーションは苦手。

フェア

隣国ブルンケルスより
逃亡してきた少女。
ルードが身柄を保護する。

ニン

ルードのパーティに
加わった教会の聖女。
回復魔法が得意。

最強タンクの迷宮攻略　3

木嶋隆太

ヒーロー文庫

最強タンクの迷宮攻略 3

CONTENTS

illustration
さんど

イラスト／さんど
装丁・本文デザイン／5GAS DESIGN STUDIO
校正／吉田桂子（東京出版サービスセンター）
DTP／川名美絵子（主婦の友社）

この物語は、小説投稿サイト「小説家になろう」で
発表された同名作品に、書籍化にあたって
大幅に加筆修正を加えたフィクションです。
実在の人物・団体等とは関係ありません。

プロローグ　異国のホムンクルス

ルナとともに、クランハウスへと戻った俺は、改めて目の前にいる少女を見ていた。

……ボロボロの衣服をまとった少女。

俺はルナと出会った時のことを思い出していた。

少女は、まさにあの時のルナと非常に似ていた。

俺はホムンクルスの証である胸元の魔石へと視線を向ける。

まるで脈打つかのように、その青い魔石は一定の間隔で光を放っていた。

次に、彼女の顔へと視線を向ける。

――やはり、感情がある。

目の前の少女は、本来のホムンクルスには絶対にないはずの涙を浮かべていた。

ルナと同じで感情を持ったホムンクルス、か。

……一体、どうしてこんなところにいるのだろうか。

マニシアがそっと少女の体を布で覆った。ぎゅっと少女はそれを掴《つか》んだ。

「元々は、怪我《けが》をしていました。私が治療を行ったのですが……」

ルナがちらと少女を見た。

怪我《けが》をしていたということは、何かと交戦したということになる。

「あ、あの……っ！」

ホムンクルスは、それから俺をじっと見てきた。

まっすぐで、綺麗な瞳だ。しかし、その表情はあまりにも痛々しい。

「どうしたんだ？」

声をかけると、ホムンクルスはびくっと一度肩をあげた。

……俺の顔はそんなに怖いか？

少し落ち込んでいると、ホムンクルスの手をルナがそっと握る。

「大丈夫です。彼は優しい方ですから」

別に優しいというつもりはない。ただ、ここでわざわざ否定する意味もない。

俺は優しいんだ……。そう思い込みながら、出来る限り穏やかな表情を浮かべてみせる。

にこっと口元を緩めると、ホムンクルスの頬が引きつった。

「ま、マスター……いつも通りの表情でいいですから」

……笑ったのに、なぜか怯《おび》えられてしまった。

ルナ、そしてマニシアにもじっと見られてしまい、俺は口をぎゅっと結ぶ。

そうすると、ホムンクルスはようやく話し始めてくれた。

「まだ、仲間がいるんです！　近くの森で――敵から姿を隠しているんです！」

近くの森……恐らくアバンシア迷宮がある場所のことだろう。

「……何人いるんだ？」

「十二人です」

「わかった。すぐに救助に向かおう。仲間というのは、ホムンクルスで間違いないか？」

「はい……っ！　助けて、くれるのですか？」

「当たり前だ」

俺はクランハウスに置かれていた大盾と剣を身に着ける。

そんな俺のほうへ、ルナがやってきた。

「マスター、私も行きます！」

「いや、ルナは――」

ちらとホムンクルスを見る。マニシアと一緒にいるとはいえ、少し不安そうではある。

「ルナはここに残ってくれ。……あの子も不安そうだ」

……ルナは自分が同じホムンクルスであることを伝えたのだろうか？

わからないが、ホムンクルスを治癒魔法によって直接的に助けたのはルナだ。

多少なりとも、ホムンクルスはルナに心を許しているだろう。

「わかり、ました……」

「大丈夫だ、全員助けてくる。ニン、探知魔法を使ってほしい……一緒に来てくれるか？」

「ええ、もちろん。任せなさい」

胸を張るニン。彼女はすでに準備は整っているようだ。

と、二階からマリウスとスロースが下りてくる。

マリウスは不思議そうな様子でホムンクルスを見ていた。スロースは扇子を口元に当て、同じくホムンクルスを見ている。

「何やら騒がしいと思っていたが、一体どうしたんだ？」

わずかに寝癖が立っているのを見るに、マリウスとスロースはどうやら部屋で眠っていたようだな。

クランハウスにある部屋を、それぞれに貸し出している。

……今の時間はもう昼前なんだが。いいご身分だ。

十分に休んだんだ。存分に働いてもらおうか。

「マリウス、スロース……ホムンクルスたちを助けるのに協力してくれ」

「おお、オレはもちろんだ。だが、こいつは必要ないぞ」

マリウスは近くにいたスロースを睨《にら》み、びしっと指を突き付けた。

スロースは片方の手のひらを何度か扇子で叩き、それから、扇子を開いた。

「そう言うでない。わしも暇つぶしになるのならついていくんじゃよ」

「くっ！　ルード、下手にこいつがいると邪魔をされるかもしれないぞ！　こいつ、魔王だぞ！」

それはマリウスだって似たようなものじゃないか……。

「二人がいてくれれば心強いんだ。仲良くやってくれ」

「それは無理な相談だなっ」

マリウスは腕を組んでふんっとそっぽを向く。

まったく、マリウスは相変わらずだな。

スロースから離れた彼は、威嚇するようにスロースを睨んでいたが、スロースは気にした様子もなく俺のほうへと近づいてきた。

「すぐに行ってくる。マニシア、ルナ……ここは任せた」

メンバーは揃った。

俺たちがクランハウスの外へと向かうと、そんな背中にマニシアの声が届いた。

「はいっ、兄さん頑張ってくださいね」

振り返ると、笑顔だった。

……あの笑顔をもう一度見るために、一刻も早く救出してこないとだな。

「マスター、お怪我《けが》のないように」

もちろんだ。クランハウスの扉を押し開け、俺はすぐに外へと出た。

クランハウスを出てからすぐ、俺たちは駆け足で町の外へと向かう。

アバンシア果樹園を目指し、一気に走っていく。

俺の速度に、マリウスとスロースが並ぶように走る。

さすがにマリウスの身体能力は高いな。

スロースは風を操り、それに乗るようにだ。ニンは俺たちより少し遅れてはいたが、冒険者活動の長さ故か、前衛の俺たちとそう変わらない速度であった。

あっという間に、森についた。

真っ先に感じたのは……何とも嫌な空気だった。

森の様子が普段と違うのは明らかだ。

「ニン、探知魔法を頼む」

「もう、使ったわ。あっちよ！」

「わかった」

ニンが走り、俺たちもそちらへと向かう。

しかし、森に一体何がいるのだろうか？

アバンシア迷宮から魔物が外に出るということはない。俺が迷宮の管理者で、それらの制御を行っているからだ。

ならば、外から魔物が来たのだろうか？　……冒険者たちからそんな話はあがっていないんだよな。

となれば、ホムンクルスたちが魔物に追われてしまった、とかだろうか？

「それにしても、敵というのは何だろうな、ルード！」

マリウスは……俺とは違って滅茶苦茶楽しそうに笑っている。

……まったく。

俺もこのくらい余裕を持てればいいのだが。

俺は小さく息を吐いてから、それに答えた。

「やばい魔物じゃないことを祈るしかないな」

「いやいや、やばい魔物のほうがいいだろう！　戦いがいがあるぞ！」

何言っているんだ。全滅したらどうする。

「このメンバーで、そんな魔物と戦う準備はしてないんだ」

「そうか！　それはぎりぎりの戦いを楽しめるというものだな」

……楽しむな。

戦闘というのは本来安全で、確実に勝てる相手とだけ戦うのだ。

冒険者というのはそういうものだ。

無理のない戦いをする。それが基本だ。

と、こちらを見ていたスロースがくすりと笑った。……なんだろう、少しばかり馬鹿にするかのような微笑《ほほえ》みだ。

「なんだスロース。何かあるのか？」

「いや、別に……。ルードは随分と面白いことをしておると思っての」

「どういうことだ？」

別に何もしてはいない。

俺の顔を見て面白いと言われればそれまでだ。それは生まれつき、変えようのないものだ。できれば笑いを我慢していただきたい、ただそれだけだ。

「さっきのホムンクルスの言葉がすべて嘘ということもありえるじゃろう？」

しかし、俺の予想とはまったく違った答えが返ってきた。

「……嘘？」

「そうじゃよ。あのホムンクルスは普通のとは違うじゃろう？　例えば、おぬしを狙って何者かがおびき寄せるためにあのホムンクルスを使った。そうは考えないのかえ？」

……なんという策士。

まったくもってそんな思考は浮かばなかった。

たぶんだけど、ルナという前例があったというのも、俺の頭から罠《わな》の可能性が抜け落ちていた理由だ。

気づかなかった、と素直に言うのは恥ずかしい。なので俺はそれっぽい理由を言うことにした。

「それこそおかしな話だ。俺を狙って何の意味があるんだ？」

結構、それらしい理由ではないだろうか？

ホムンクルスたちが俺を狙う理由がまったくもってないのだ。

「意味はあるじゃろう。おぬしの力は面白いからの」

「……狙われるような力は持っていないが？」

「まあ、そう自覚がないのもまた面白いものじゃな」

スロースはよくわからないことを言ってくるな。

俺がさらに彼女に聞いてみようとした時だった。ニンの声が割り込んできた。

「いたわよっ！　……あそこにたくさんの生命反応があるわ。ただ——どれが敵か味方かはわからないわ！」

敵、味方がわからない……。探知魔法は、人にもよるが基本的には魔物と人間の判別はできる。魔物と人間では持つ魔力が違うからだ。ホムンクルスも、人に近い魔力を持っているので、判断はつくはずなのだが……。

まさか、ニンの腕が鈍っているということではないだろう。

ニンが指さした先では——人と人が戦っていた。恐らくはホムンクルス同士。かなりの乱戦だ。

ホムンクルスは十二人いると聞いていたが、見たところ確かにそのくらいはいた。

明らかに一方が追い込まれている。追い込まれている側は、今も一人の女性が中心になって剣を構えていた。

対峙《たいじ》しているホムンクルスの片方は……感情の一切を失ったような表情で剣を握っていた。

おおよそ、どちらが敵かはわかった。

「……あの間に割り込んでみればわかる話だ。スロース、補助を頼む」

「おっ、それじゃあ……しかと耐えるんじゃよ」

スロースが指を鳴らすのと同時、俺は盾を構える。

強烈な風が吹き、俺の身体が弾かれた。

これはスロースの風魔法を利用しての移動だ。普段以上に動けるが、体に激しい負荷がかかる。

多少、外皮は削られたが、気にするほどではない。

打ち出されながら俺はくるり、と体勢を整える。

そして、盾を構え――彼らの間に割り込んだ。

同時、剣が振り下ろされる。まったく手加減はしてくれない。大盾で受け止めながら、声をかける。

「これ以上、戦うのはやめないか？」

ホムンクルスに反応はない。

大盾を勢いよく振り上げると、ホムンクルスはよろめいた。しかし、すぐに体勢を整えた。

……なるほど、まだ交戦するというのか。

俺はちらと、背後を見る。そちらにいたホムンクルスたちは驚いたように俺を見ている。

……こちらが、襲われているということで間違いないな。

今のように助けに入って、こちらが敵側でしたとなったら恥ずかしかったからな。

保護したホムンクルスの仲間であるかどうか、問いかける。

「俺はこの近くにあるアバンシアという町の冒険者だ。キミたちの仲間が町に来て、救助を要請してきた。キミたちがそのホムンクルスで間違いないか？」

俺の問いかけに、彼女らは顔を見合わせたあと、こくりと頷《うなず》いた。

……これで、背後から刺されるということはなさそうだな。

それにしても、全員ホムンクルスか。

俺が盾で吹き飛ばしたホムンクルスたちを改めて見る。

無感情の彼らは、再び剣を構え、こちらを見据えてきた。

「あの者たちは、なんだ？」

「……ブルンケルス国の、戦闘型ホムンクルスだよ」

ホムンクルスたちの先頭にいた女性が答えてくれた。

やはり、そうか。

そうなんじゃないだろうかとは思っていた。できれば、ハズレてほしい予想であったが、こういう時は当たってしまうものだな。

俺はちらとニンを見た。ニン、スロース、マリウスはすでに俺の近くに合流している。

「ニン、彼らの治療を頼む」

「……わかったわ」

少し、不安げにこちらを見たが、俺を信じてくれたのかホムンクルスたちの治療を開始してくれた。

……まあ、ブルンケルス国の違法なホムンクルスとなれば、治療すべきかどうかで迷うのも仕方ないだろう。

俺だって、ルナがいなければ迷っていた。けど、ルナがいるからな。

たぶん、大丈夫だろうと思った。

「戦闘型、ホムンクルスと言ったけど——キミたちのように感情や意思はないのか？」

先ほど答えてくれた女性にもう一度訊《たず》ねると、彼女はこくんと頷《うなず》いた。

「ないよ。彼らの目的は、逃走者の私たちを殺すという命令を遂行することだけなんだ」

「……そう、か」

それなら……まだいいか。

俺は軽く息を吐きながら、大盾と剣を握りしめた。

俺の隣にマリウスとスロースが並ぶ。

マリウスが刀を持ち上げる。その口元はいつもとそう変わらない笑みで飾られている。

「数は六体か。俺とルードで半分ずつだな」

「……」

……倒さなければ、ならないんだよな。

相手がホムンクルスとはいえ――いや、だからこそだ。

ルナのように無邪気に笑ったり、泣いたりだってできたかもしれないのに。

「やりにくいのかえ？　所詮奴らはただの人形と変わらぬ。命のようなものを与えられている存在にすぎぬのだぞ？」

「……そうかもしれないな」

スロースの言い方は冷たいかもしれない。

ただ、俺のことを気遣っての言葉でもあったはずだ。

俺は軽く息を吐いてから、戦う覚悟を決めた。

同時、ホムンクルスたちがとびかかってきた。俺は突っ込んできた二体に集中する。

振りぬかれた剣をかわしながら、大盾で殴りつける。動きは、それほど早くはない。

脇からとびかかってきたホムンクルスの剣に、剣を合わせる。一度の打ち合いのあと、すっと剣を動かしホムンクルスの腕を切り落とした。

……血は出なかった。地面に落ちた腕が、土に溶けて消えた。

腕を斬られた――にもかかわらず、ホムンクルスの動きに変化はない。

腕など最初からなかったかのように、彼らはそのまま突っ込んできた。

「……っ!」

……ホムンクルス、だからこそできる攻撃だな。

接近してきたホムンクルスに大盾をぶつける。よろめいたそのホムンクルスの胸元にあった魔石へ、剣を突き刺した。

魔石が砕けると、ホムンクルスは動かなくなった。……まるで糸の切れた人形だ。

ホムンクルスの体が大地に崩れおち、それから土に混ざるように消えた。

俺は小さく息を吐いてから、二人を見る。

……マリウスは問題なさそうだな。一体を倒し、それからもう一体とどこか楽しそうに戦っていた。

しかし――俺はスロースを見て驚いた。

「ぬわっち!?　る、ルード！　終わったのなら手伝ってくれぬかえ!?」

「ど、どうしたんだよスロース！」

スロースはホムンクルスたちの攻撃を扇子で何とかといった様子で捌《さば》いている。

しかし、かわしきれず、腕を軽く斬られていた。涙目になるスロース。

……なぜ、苦戦しているんだっ!?

俺は大きく息を吸って、スロースへと向かって駆け出す。同時、大盾を振りぬいた。

よろめいたホムンクルスの胸に剣を貫く。

スロースが最後のホムンクルスの攻撃をかわそうとして、後退する。

しかし彼女は、木の根に足を取られたのかそのまま転んだ。

「わ、わわっ!?」

スロースが驚いたような声をあげている。

俺は全身の魔力を意識し、一気に身体能力を向上する。……スロース戦で学んだ、外皮なしでの戦い方だ。

今は外皮があるため、普段の倍近く体が軽い。

今なら、何にだって負ける気がしない。

突撃と同時に、剣を振り下ろし、ホムンクルスを仕留めた。

……終わったな。

マリウスのほうも戦闘が終わったようで、立ち上がれずにいるスロースを見て噴き出している。

「わはは！　どうしたアモン！　あの程度に苦戦するなんてらしくないな！」

馬鹿にされたからか、スロースはむっと頬を膨らませている。

そんな彼女に手を伸ばし、引っ張り上げると、彼女は恥ずかしそうに頬を染めて視線を俯《うつむ》かせていた。

「……大丈夫か？」

「す、すまぬの……」

「調子悪いのか？　それなら、出発の前に言ってくれれば良かったんだが……」

無理に連れてくるつもりはなかった。……なんなら、三人でも問題なかっただろうしな。

スロースは申し訳なさそうに頬をかいてから、しゅんと視線を下げた。

「……魔王はのぉ、特にテリトリーの影響を受けてしまうんじゃよ」

「テリトリー？」

「ここは、マリウスのテリトリーじゃ。……別の魔王がそのテリトリーに入ると、力に制限がかかってしまうんじゃよ」

なに？

確かに近くにマリウスの迷宮があるので、テリトリーというのは間違いない。

しかし、それを言えばスロースの迷宮に挑んだ時は——逆に言えばマリウスがテリトリーに侵入していたことになる。

特に動きに大きな問題はなかったと思うが……。

「マリウスは、スロースの迷宮では問題なく動けていたぞ？　そんなに悪影響が出るものなのか？」

「そうだそうだ！　言い訳は見苦しいぞー！」

マリウスが煽《あお》るように声をあげると、アモンが扇子の先をマリウスに何度も向けながら怒鳴った。

「ドアホが！　貴様は魔王までいかない落ちこぼれじゃから、大して影響ないんじゃよ！」

「なんだと⁉　たたっきるぞ！」

マリウスが刀を振り上げたので、背後から押さえる。

「どういうことなんだ？」

「力が強い者ほどその影響を受けてしまうんじゃ。それを無力化するには、わしも迷宮をこの近くに引っ越ししてくればいいんじゃよ。ただ、引っ越したら迷宮自体がリセットされてしまうからの。わしの大事な大事な迷宮をそう簡単にリセットしたくないから……この森においてわしはそこまでの力が出せないというわけじゃ」

……理解はできた。

また知らない魔王の力について知ることができたな。他の魔王のテリトリーにさえ入らなければ、スロースもいつも通り戦えるというわけだな。

「それなら先に言ってくれ」

次から、この森で戦う場合、スロースを連れてくるのはやめたほうがいいな。

そんなことを考えていると、スロースは首をぶんぶんと左右に振った。

まるで駄々をこねる子どものようだった。

「弱いと思われたくなかったんじゃよ！　悪いかえ⁉」

「そ、そうか」

そ、そんな叫ぶように言わなくても。

俺が呆《あき》れた目を向けると、スロースが不服そうに頬を膨らましていた。

いかんいかん。スロースをあまり怒らせると後が怖い。

「ちょっと、こっちをいつまでも放置してないでよね」

「わ、悪いな」

ニンの声が聞こえ、そちらを見る。ホムンクルスたちの治療は完全に終わっているようだった。

ひとまずこれで、一息吐けるな。

俺は倒したホムンクルスを一瞥《いちべつ》してから……感情を持つホムンクルスたちへと視線を向ける。

「キミたちの仲間が、俺の――家みたいな場所にいるんだ。キミたちも来るか？」

ホムンクルスたちは顔を見合わせる。

少し不安そうに、あるいは……ホムンクルスによっては敵意のこもった目を向ける者もいた。それは俺個人に対してではなく、俺たちに向けて、といった様子だった。

……先ほどのホムンクルスの怪我《けが》。そして、ホムンクルスたちが身に着けている衣服。

これらから見るに、これまでロクな環境で生活してこなかったのだろう。

ブルンケルス国でそのように扱われ、人間を嫌っているのかもしれない。

そんな中から、一人の女性が立ち上がった。人懐こい笑みとともに、こちらを見てきた。

「行っていいのなら、行かせてもらえないかな？　ボクたち……行き場所がないんだ」

……それはそうだよな。

彼女らにアバンシアの知り合いがいるとも思えなかった。

「そうか。わかった。歓迎するよ」

「うん、ありがとね……えーと――」

俺をちらと見てから、困ったように笑った。

「ルードだ。名前は？」

……あるの、だろうか？

ルナは名前を持っていなかったよな。もしかしたら、俺が全員分をつけなければならないのかもしれない。

……さすがにそれは大変だ。できれば名前を持っていてほしい。

「ボクはフェア、よろしくね」

良かった。名前はあるようだ。

ほっと胸をなでおろした。

「フェアか、よろしく。怪我《けが》は大丈夫か？」

「うん、そちらの女性が治してくれたからね」

ニンが得意げに腰に手を当てた。

さすが、ニンの魔法だ。傷自体は完全に治っているな。

「彼女はニンというんだ。それでこっちは――」

そんな風にみんなの紹介をしていく。

ホムンクルスたちと軽く話をしながら、俺はアバンシアへと戻っていった。

第十四話　ホムンクルスの保護

町に入る前にボロボロの衣服をなんとかしてやりたかったのだが、近くに使えそうなものはなかった。

ちらとホムンクルスたちを見る。皆、ブルンケルス国から来たということもあり、服のあちこちに傷があった。

女性型のホムンクルスもいて、ただでさえ際どい格好ということで注目を集めるというのに、胸元まで見えてしまっている。

胸が見えてしまう……というのもあるが、何よりもホムンクルスたちの胸元の魔石もさらされてしまっている。

……ホムンクルス、というのはそれだけでわかるだろう。

注目を集めた結果、すれ違う人々がこそこそとこちらを見て噂《うわさ》していた。

町の人はもちろん、冒険者たちもだ。

町の人たちは見慣れないホムンクルスに驚きや怯《おび》えを抱き、冒険者たちは……ホムンクルスの表情などを見て驚いている様子だった。

感情がこれほどわかりやすく出ているホムンクルスはいないからな……。

俺は注目されているのがわかっていたので、人の多い広場まで来ると一度立ち止まり周囲を見渡して声を発した。

「ここにいる者たちは、ホムンクルスだが、魔物に襲われていた！　俺が責任をもって保護するから、安心してくれ！」

そう叫び、それから歩き出した。

詳しい事情に関しては、後で誰かを使って伝えればいいだろう。

俺の言葉を聞いて、多少は町の人たちも安心してくれたようだ。

それでもなお、不安げな表情は気になってしまったが……いまはホムンクルスたちの着替えが先だ。

周囲の好奇の視線を浴びていたホムンクルスたちは、衣服を無理やり引っ張って胸元を隠そうとしていた。

……そういう感情もあるんだな。

クランハウスが見えてきた。その時だった。俺の隣に並んだニンが肘でつついてきた。

「保護はいいけどどうするのよ？　ブルンケルス国のホムンクルスって……これ、代官様にも話さないとでしょ？」

「そうだな。クランハウスに皆を連れていったあと、伝えにいくつもりだ」

……俺たちの上に立っているのが代官だ。

保護すると決めた以上、代官を説得する必要がある。

果たして、受け入れてくれるかどうか。そこが少し心配だった。

「たぶん、代官様から国の上層部に話が行くわよ？　そうしたら、保護なんて言っていられないかもしれないわよ」

「……わかってる。ただ、ある程度はどうにかできるとも思っている」

「そうなのね。わかったわ、とりあえずこっちは任せておきなさい」

「ああ、助かる」

……ここにいるホムンクルスたちは、ルナと同じだ。

『行く場所がない』。

そう言った時のホムンクルスたちの悲しげな表情を見て、どうにかしてやりたいと思っていた。

それに、ホムンクルスというのは――都合が良いとも思っていた。

もしも、彼らの保護が正式に決まれば……町の人手不足も解消できるかもしれないからな。

クランハウスへと着くと、マニシアとルナたちがやってきた。

二人はカゴに入れた衣服をこちらへと持ってきた。

「……まさか、すでに服の準備をしていたとは」

これから頼もうと思っていたのに、驚いた。

マニシアが悪戯《いたずら》っぽく口元を緩める。

「だって、さっき助けた子もボロボロでしたからね。このくらい、用意して待っていないと兄さんの妹は名乗れませんから」

俺の妹は天才かもしれない。

それでいて可愛いのだから、手の付けようがないな。

「俺はこのまま領主邸に行って話をしてくる。みんなのことは頼んだ」

「わかりました」

マニシアが胸を張る。ルナが奥からやってきて、スープを全員に配っていく。

……食事の準備までしていたんだな。

本当に気が利く最高の妹だな……。

俺は大盾だけはクランハウスに置いてから、軽く肩を回す。

よし、行ってこようか。

町にいた騎士たちから、すでに代官にも話は行っているはずだ。

あとは、俺が説得できるかどうかだな。

代官様は……貴族ではあるが、非常に親しみやすい。

ある程度こちらの意見も聞いてくれるので、どうにかなるとは思うが。

俺が身なりを整えていた時だった。ホムンクルスたちのほうにいたフェアがこちらへとやってきた。

「あの、これから偉い人の説得に行くんだよね？」

「ああ、そうだな」

「ボクも行こうか？」

「え？　……だけどな」

どうしようか。

彼女らはブルンケルス国のホムンクルスだ。

スロースが言っていたように、警戒するべき相手ではあるのだ。

彼女をこのまま連れていっても良いものだろうか。

そう考えていると、フェアが口元を緩めた。

「直接行ったほうが早いでしょ？　ブルンケルス国の状況とかきっと知りたいんじゃないかな？」

……確かに。

俺が代官を説得するのも、そういった部分から攻めようと考えていたしな。

「だが、警戒されるかもしれない」

「それなら、ボクの両手足でも縛ってくれればいいよ。助けてもらって、何もしないつもりはないよ。……今、ボクが話せることはすべて話すよ」

フェアをまっすぐに見る。

……両手足を縛るというのは、現実的じゃない。

特に、フェアたちを保護するのなら、俺が一度でも疑ったという事実はできれば残したくなかった。

「わかった。けど、手足は縛らなくていいから。俺の前に出ないようにな」

「え？　けど、それだと心配されないかな？」

「だとしても、大丈夫だ」

「……うーん、それなら――こういうのはどう？」

フェアが俺の手を握ってくる。柔らかな女性の感触だ。

ぎゅっとフェアが俺の手を握り、微笑《ほほえ》んだ。

「ほら、こうやってルードがボクの手を握っていればいいんじゃないかな？」

「……なるほど、天才か」

これなら、何かあった時は俺が腕を引けばいい。

最悪、彼女の体を抱きしめるように拘束すればいいだろう。

「ちょっと待ってください」

と、マニシアが俺たちのほうにやってきた。

「どうしたマニシア」

「兄さん。それはなんだかデートみたいになってしまいませんか？　距離が近いです、距離がっ」

びしびし、っと俺とフェアの握っていた手を指さす。

「……よ、余計なことを言わないでくれ。変に意識してしまうから！」

「えー、それじゃあどうしたらいいのかな？」

「そ、それは……」

「なら、ルードがボクをずっと抱きしめたままとかはどうかな？」

「もっとダメですよ！」

フェアがからかうように小首を傾《かし》げ、マニシアがじっと睨《にら》む。

と、ニンがやってきて、じとーっとフェアを見た。

「……手を繋ぐくらいにしておいたほうがいいんじゃないマニシア？」

「……そ、そうかもしれませんね」

「ルード、変なことするんじゃないわよ？」

「当たり前だ」

なんだ変なことって。

フェアは確かに可愛《かわい》らしいホムンクルスだが、あくまでホムンクルス。変なことなどしないぞ。

俺たちは手を繋いでから、クランハウスを出た。

「ルードってモテモテなんだね？」

「……そうでもない」

「えー、モテモテじゃーん」

フェアがからかうようにこちらを見てきた。

……まったく。

ホムンクルスであっても、女性というのは色恋話が好きなのだろうか？

俺が困っていた時だった。

「やっぱり、注目されちゃってるね」

「だな」

町の人たちがこちらを見ていた。皆、心配そうである。

さっきも注目を集めてしまっていたし、ホムンクルスたちのことが皆気になるのかもしれない。

俺たちが領主邸へと向かって歩き出した時、一人の老人が近づいてきた。

「る、ルード……さっき、その……大勢の人を連れてきただろ？」

「ああ」

「彼らは……ほ、ホムンクルスなのか？」

皆、そうであってほしくないというような顔だ。

……ここで嘘をついても仕方ない。

「ああ、そうだ。それに、この子もホムンクルスだ」

そう言って、俺は繋いでいる手を持ち上げるようにして見せた。

すると彼は驚いた様子でフェアを見た。

「ホムンクルスって……大丈夫なのか？　なんだか、昔暴走して……その、事件になったこととかもあるって」

事件、暴走……か。確かにそういった話はある。

老人と話している間に、何人か恐る恐るといった感じで近寄ってきた。その中の一人が口を開く。

「人を襲って暴れ出したとかも聞いたことあるけど……ほ、本当に大丈夫なのか？」

ただ、それは本当に稀な話だ。

少なくとも、俺は一度だってそのような場面に遭遇したことはなかった。

そして、いくつか聞いた話もあった。

「今、みんなが言った暴走というのは……ホムンクルスに自我が芽生えたという可能性も

「示唆されているんだ」

「じ、自我？」

「ああ。今、みんなが話していた暴走したホムンクルスたちは、人間から酷い扱いを受けていたんだ。それゆえに、暴走してしまったという話もある」

……というのを聞いたことがある程度だ。

「そう、なのか……？」

「先ほど保護したホムンクルスたちは、皆普通のホムンクルスよりも優秀だしな。……まあ、それでもみんなが不安に思うだろうと思って、こうして一応は拘束しているけど」

そう言うと、フェアは微笑《ほほえ》んでから、

「ボクたちは……みんなに危害を加えるようなことはしないからね」

俺の腕にぎゅっと抱きついてきた。それはみんなへのアピールのつもりなのだろう。

しかし、町の人たちはどこか不安げであった。

彼らからすれば未知の存在なのだから、それも仕方ないのかもしれない。

今の俺がこれ以上彼らに伝えられることはない。

「俺はこれから領主邸に行って話をしてくる。またあとで、詳しい話はするよ」

そう言い残し、一礼とともに去っていく。

俺の少し後を、手を繋いだフェアがついてきた。振り向くと、元気のなさそうな表情から笑顔に変わった。

俺の前だからか、無理に笑っているようだった。

「無理して笑わなくてもいいからな」

「……けど、その。やっぱり迷惑だったかなって思っちゃってね」

「いや、迷惑じゃない。みんな……別に悪気があるわけじゃないんだ。ただ、この町にはホムンクルスがいなくて……中々彼らを知る機会がなかったんだ」

「そうなんだね」

「だから……最初だから、みんな不安に感じているだけだ。ただ、フェアたちホムンクルス次第で、これからのホムンクルスへの評価も決まる」

……そう、町の人たちにとってこれが初めてのホムンクルスなだけだ。

ホムンクルスがいい人たちなのだとわかれば、みんなだって自然に振る舞えるはずだ。

「初めて……か。ボクもその気持ちはわかるかな」

「そうか、そうだよな。ホムンクルスたちはこの町自体が初めてなんだもんな？」

「うん。それどころじゃないよ。国を出たことも、誰かの命令じゃなくて自分の意思で動くのだって初めてだよ」

「これから……生きていくのなら、自分で考えて行動しないといけないな」

「うん、そうだね。ありがと、ルード、元気出てきたよ」

フェアはそう言ってにこりと微笑《ほほえ》んだ。元気が出てくれたのならよかった。

しばらく歩くと、領主邸が見えてきた。庭では騎士と自警団が訓練をしているのか、剣の打ち合いを行っていた。

フィールの姿もあり、こちらに気づいた彼女が近づいてきた。

「ルード……。そ、その女性は一体誰だ？」

……真っ先に反応するのはそこなのか。

いや、今は手を繋いでいるというのも問題かもしれない。

「彼女はホムンクルスのフェアだ」

「ほ、ホムンクルス？　聞いたことがあるな、そういう生物がいるというのは……ではどうして手を繋いでいるんだ⁉」

「それは……彼女を連れてくる上で、周りが不安にならないよう……一応の拘束だな。本当は手枷《てかせ》か足枷でもつける予定だったんだが、別に捕虜ではないからな」

「手枷足枷のほうが良い、か」

そこだけ拾い出さないでほしい。なんだか俺が変態みたいじゃないか。

フィールの声が部分的にしか聞こえなかった他の騎士たちが、ぎょっとしたようにこちらを見ている。ほれみろ、誤解された。

「とりあえず、俺は代官様に話をしてくる。それじゃあな」

「あ、ああ」

フィールとはそこで別れ、俺はフェアとともに建物内へと入っていく。

屋敷内へ入ると、使用人がやってきて俺たちを応接間へと案内してくれた。

そこにあったソファに座ると、使用人たちが俺たちそれぞれに飲み物を用意してくれた。

どこからどのように話そうか。

そんなことを考えていると、代官が騎士とともにやってきた。

……さすがに警戒されているようだ。

俺が普段、代官と会う時は騎士をつけないのだ。つまり、それだけホムンクルスを警戒しているということだろう。

部屋へと入ってきた代官と軽く握手をかわした。

「ルード、久しぶりだ」

「はい、お久しぶりです」

まずは普段通りに挨拶をかわす。しかし、代官の視線はすぐにフェアへと向いた。

「そちらの子がホムンクルスで間違いないな？」

「はい。彼女はフェアです。……ホムンクルスの件について話をする上で、本人がいたほうが良いと思い、連れてきました」

俺の意図を伝えると、代官は一度頷《うなず》いてから席へと座った。

俺もソファへと座り直した。

「そうか。とりあえずは……無事でよかった。彼女らを保護した理由、保護するまでに何があったかを聞かせてくれないか？」

まずは、俺がどのように考えているか、それを聞きたいということか。

それなら、今考えていることのすべてを伝えてしまったほうがいいだろう。

「保護した理由は、彼女らに助けを要請されたからです。冒険者の救護も、クランの仕事の一つですから」

「……確かにそうだが、彼女らはホムンクルスではないか？」

「そうです、ね。ただ、困っているのなら同じようなものだと思っています。少なくとも、彼女らには意思がありますから」

「意思、か。確かにそうだな」

代官はフェアへと視線を向ける。

「一つ確認したい。フェア、キミたちには意思があるというんだな？」

「はい。そうですね。ボクたちは普通のホムンクルスとは少し違います。作製された際に、思考能力も与えられました」

「出身国は、ブルンケルス国で間違いないな？」

代官は緊張のこもった声で訊《き》く。

そこまで、考えがついていたのか。あるいは、誰かが俺たちの会話から領主にそこまでを伝えたのか。

「はい、ブルンケルス国で間違いありません」

フェアがそう答えた瞬間、代官は大きく息を吐いた。

「……そうか。やはり、あの国のホムンクルス、か。どうやら、違法なホムンクルスを量産しているというのは間違いないらしいな」

「代官様も、話をご存じだったのですか？」

俺が代官に訊《たず》ねると、彼は椅子に深く腰かけ直すようにしてから口を開いた。

「ああ。ブルンケルス国が違法なホムンクルスを作製しているのではないか、という話は聞いたことがある。ただ、あくまで噂程度のものではあったが、な」

……国でもそのようなことを問題視しているということか。

代官が改めてフェアを見た。

「フェア、違法なホムンクルスが作られていることは間違いないんだな？」

「……そうですね。ボクたちのようなホムンクルスは数多く製造されています」

「そうか。それで、ブルンケルス国から逃げてきた理由は？　そもそも、ホムンクルスには命令を破るという行動はできないはずだ。すべて、細かく説明してほしいんだ」

……やはり、フェアを連れてきたのは正解だったな。

突っ込んだ質問をされた時、俺一人では答えきれなかった。

「まず……そうですね。ホムンクルスは命令を破ることはできません。ですが、その命令を与えているのもまた、ホムンクルスでした」

「……どういうことだ？」

「ボクたち、ホムンクルスすべてを管理しているホムンクルスがいるんです。……彼は上に従うふりをしながら、ホムンクルスを逃がしてくれていて、今回ボクたちがその逃走者に選ばれたというわけです」

「そう、か。どうして逃げたんだ？」

フェアはまっすぐに代官を見た。

俺はフェアのそのまなざしに、ただただ驚いていた。

その両目には、彼女の意思、気持ちのすべてが乗っているように思えた。

ゆっくりと彼女の唇が開き、そして――

「……自由が、欲しかったんです」

「自由、か」

「はい。ボクたちホムンクルスは、道具……いやそれ以下の環境で仕事をさせられてきました。……それに耐えきれなくなって、逃げてきました。ボクたちにも、ボクたちの人生があります。だから、その世界で生きていきたいんです」

……たぶんだが、俺が想像するよりもずっと過酷な環境で生活してきたのではないだろうか？

そうでなければ、命をかけてまで逃走しようだなんて思わないだろう。

それゆえに、先ほどの彼女の言葉には説得力があった。

フェアの気持ちを聞き、改めて俺は彼女たちを助けたいと思った。

フェアの言葉を聞いた代官はそれから俺へと視線を向けてきた。

「なるほど……それじゃあルード。まずホムンクルスの一人を保護したと聞いた。その後はどうなったんだ？」

俺たちの会話を聞きながら、執事らしき人が手元の紙に書いていく。

恐らく、今どのような状況になっているのか、時系列をまとめているのだろう。

「保護したホムンクルスからまだ仲間がいるという話を聞きました。彼女の言葉を信じて森へと向かうと、襲われているフェアたちがいました」

「魔物が襲っていたのか？」

「いえ、ホムンクルスでした」

俺の言葉に、代官はもちろん、執事の手も止まり、驚いたようにこちらを見てきた。

「そのホムンクルスは、すべてブルンケルス国の手の者か？」

代官の声に、フェアはこくんと頷《うなず》いた。

「……そうか。なるほど、状況はわかった。それで、今後についてだ」

……とうとう来たか。

ここからが重要になってくるな。

代官がどのように考えているかはわからないが、俺が今抱えている気持ちを先に伝えようか。

「代官様、町で保護することは可能でしょうか？」

「町での保護、か。ルード、どうして保護をしたいんだ？」

「もちろん、彼女らには行く当てがないというのもありますが……何よりも、ホムンクルスたちが町に協力してくれれば、今足りていない人手を補えると思います」

「ルード……まさか、おまえ彼女らをホムンクルスとして雇うつもりか!?」

驚いたように代官が声をあげる。

何に、驚いているのだろうか？

「どちらかといえば、人としてになります。彼ら彼女らには意思があり、自分なりに考えて行動することもできます。ですから、命令通りにしか動けないホムンクルスと比較した場合、ある程度自由に行動できる彼ら彼女らの仕事には、それだけの対価を支払う必要があると思います」

そう。だからこそ、人手として力になれるかもしれないのだ。

今後のことを考えれば、彼女らホムンクルスに協力してもらったほうが町のためにはなる。

ただ……国までも違法なホムンクルスについて心配しているのであれば、そう簡単な話でもないだろう。

代官は、そのあたりについて考えているようだ。難しい顔で顎に手をやり、何やら執事と話をしていた。

彼らはしばらくそんなやり取りをしてから、

「引き換え、にはなるな」

「引き換え、ですか？」

「ああ。国の上層部がブルンケルス国に関心がある。情報提供を引き換えに、町で保護することは可能かもしれない」

……なるほど。

ホムンクルスたちしか知りえない情報は数多くある。このまま彼女らを処分となれば、それらの情報を得る機会自体を失うことになる。

ホムンクルスたちが求める自由を提供する代わりに、情報を教えてもらう。

「具体的にどのような情報が欲しいのですか？」

「まず、今現在のブルンケルス国の状況、それとホムンクルスがどの程度いるのか、だな」

代官が厳しい視線とともに、フェアを見る。

あとは、フェアがどの程度答えられるかによるな。

「ブルンケルス国の状況ですが――二十年ほど前に魔王と名乗る男が国に現れ、それからホムンクルスの製造が始まったそうです」

……俺はフェアの言葉に、ただただ驚いていた。

魔王――それはつまり、スロースのような奴がブルンケルス国にいるということか。

そして代官もまた、首を傾げた後、呟《つぶや》くような声で言った。

「……魔王。確か、かつてこの世界にいた恐怖の存在ではなかったか？　それらは架空のような存在で知っている人はほとんどいなかったと思うが」

そう、なのか。

俺にとっては、身近な存在でもある。脳内に浮かんだ、魔王こと、アモン・スロース。

そして、ブルンケルス国に現れた魔王――これらは決して、偶然なんかではないだろう。

フェアは代官の言葉を否定するように首を振った。

「架空の存在ではありません。彼ら魔王は、魔界という世界を作り、そこに逃げていたそうです」

「それがどうしてブルンケルス国にいるんだ？」

「はっきりとした理由はわかりません。ですが、ブルンケルス国のホムンクルス技術はその魔王の手によって大きく向上しました。これまで製造不可能だった、戦闘型のホムンクルス、またボクたちのようにある程度の思考、意思を与えられた指揮型のホムンクルスなど、多種にわたって製造されています」

「……そうか。ホムンクルスはかなりの量になるのか？」

「ホムンクルスのみの軍隊があるのはもちろん、町の開発、日常の生活の多くがホムンクルスたちによって支えられています。……ブルンケルス国にいる人間の多くは仕事をせず、保有しているホムンクルスに任せることが多いですね」

……その姿は簡単に想像できてしまった。

実際、この国でも人間嫌いの貴族がホムンクルスしか雇っていないということもあるしな。

「……そこまで、なのか」

代官が顎に手をやり、さらに問いかけた。

「先ほどの戦闘型、指揮型というのはどのくらいの差があるんだ？」

「ボクたちは指揮型になります。基本的に指揮型は最低限の自衛ができる程度の戦闘力しかありません。ですので、その両者が戦った場合、多くの場合は指揮型が敗北しますね」

「……つまり、森でキミたちを襲っていたのは戦闘型ということか？」

「そうですね。国を出る際にどうやら見つかっていたらしく、追っ手をけしかけられてしまいました」

……なるほどな。

話が繋がったな。俺が頷《うなず》いていると、代官がこちらを見てきた。

「なるほど、な。状況はわかった。国に、今の情報は伝えさせてもらう。その上で、アバンシアでひとまずの保護を行うつもりだ」

「ありがとうございます」

これで、問題の一つは解決だな。早くクランハウスに戻って、みんなにも伝えよう。

話は終わったので、俺はフェアとともに立ち去ろうとしたのだが、その前に代官に呼び止められた。

「ルードは少し残ってくれ。他にも確認したいことがある」

「……わかりました。フェアは廊下で待っていてくれ」

確認したいこと？　一体何だろうか？

あげかけた腰を再びソファに戻す。フェアが一礼の後に廊下へと出る。

それからフェアがいなくなったところで、代官がこちらを見てきた。

「ルード、あの者が言っていることは本当だと思うか？」

……疑っている、ということか。

まあ、相手はブルンケルス国のホムンクルスだ。

そう思われてしまっても仕方ないな。

「そうですね。本当だと思っています」

「そうか……すべての情報が本物であれば、これほど有益な情報はないのだが……。どうしても情報源があのホムンクルスだけとなると、そのまま素直に上に伝えられるものでもないんだよな……彼女らがブルンケルス国から送り込まれた刺客である可能性も十分にあるだろう？」

スロースも確か、そのようなことを言っていたな。

……もしかしてスロースは、ブルンケルス国に魔王がいることを知っていたから、ああ言ったのだろうか。

だとすれば、一度彼女にも確認してみる必要があるな。

「……確かにそうかもしれません。けど、狙うならアバンシアよりももっと大きな町を狙うのが普通ではありませんか？」

確かにアバンシアはブルンケルス国から近い。

だが、それ以上に近い町はもっとある。

ここよりも流通の拠点になるような町を狙ったほうが、何か事を起こした際に大損害を与えられるだろう。

「確かに……そうだな。どちらにせよ。保護をするというのは名目で、あくまでその目的は彼女たちから情報を引き出すということにある。あまり、肩入れはしないようにな、ルード」

「……はい」

肩入れはしないように、か。確かに俺は、彼女らに優しく接しすぎている部分はあった。

一歩引いたところで、彼女らとは接するべきなのかもしれない。

「おまえは彼女らを助けた。……多少は信頼されているだろう。だから、ひとまずはおまえに預ける。何か新しい情報が入ればすぐに伝えてくれ」

「……わかりました」

信頼してくれている俺に預け、情報を引き出してほしいということだろう。

ホムンクルスの保護を約束してもらい、その引き換えにブルンケルス国の情報を渡す。

妥当なところ、ではないだろうか？

他に、良い案も今すぐには思い浮かばないしな。

代官に一礼をした後、俺は廊下でフェアと合流する。

「もう大丈夫なの？」

「ああ、クランハウスに戻ろう」

ここでの用事はひとまず済んだ。俺はフェアとともに屋敷を出た。

クランハウスまでの道のりを歩いていると、フェアが俺の手を握ってきた。

「ありがとね。とりあえずは、町にいられるみたいだね」

「……そうだな。ただ、あくまで監視されている立場になるからな。あまり変なことはしないでくれ」

一応、忠告しておく必要があるだろう。

俺の言葉に、フェアはきちんと頷《うなず》いた。

「もちろん。ボクたちが何かしたら、ルードにも迷惑かかるからね。助けてもらった恩があるんだから、そんなことしないよ」

「そうか」

フェアは……大丈夫だと思う。

ただ、ホムンクルスのみんながフェアと同じように考えているとも限らないんだよな。

特に……フェアの仲間たちは随分と人間を嫌っているようだった。

彼らの怒りが爆発しない、とも限らないだろう。

「人間を嫌っているホムンクルスもいただろう。……彼らは大丈夫か？」

特に一人、女性のホムンクルスが気になるところだった。

唯一戦闘を行っていたあのホムンクルス――彼女が暴れてしまったら、危険ではないだろうか。

俺の問いかけに、フェアは真剣な顔でこちらを見てきた。

「色々、酷い扱いを受けてきたから……もちろん人間を恨んでいる子もいるよ。ボクだって正直に言えばそういう気持ちがまったくないっていうのは嘘になるよ」

「……そうか」

「けど、ルードは助けてくれた。人間の中にもホムンクルスに優しい人もいる。ボクはそうやって考えられるようになったんだよ」

「それは……良かった」

「だから、すぐにはうまくいかないかもしれないけど……みんなもきっと理解してくれるよ」

「……そうだな。わかった」

フェアとともに手を繋いでクランハウスへと向かう。

一応、拘束という意味もある。とはいえ、

「なんだか、やたらとしっかりと握ってくるな」

「えへへ、いいでしょ？」

ぎゅ、ぎゅっと時々感触を楽しむようにフェアが握ってくる。

……そういうのは少し照れ臭いのだが。

俺はあまり意識しないよう歩きながら、問いかけた。

「ところで、少し聞きたいんだが」

「何かな？」

「魔王、の話をしていただろう？　そいつの名前とかはわからないか？」

魔王の名前がわかれば、スロースに聞く時に詳細がわかるかもしれない。

期待していると、フェアはきょとんと驚いたようにこちらを見てきた。

「魔王の話、信じてくれるの？」

「なんだ、嘘だったのか？」

「ううん、違うけど……けど、あんまり信じてもらえるとは思ってなかったんだ」

まあ、普通はそういうものだろう。

ただ、俺には……身近に魔王がいるからな……。

さすがに彼らのことを話すのは今じゃないだろう。というか、できるのなら墓場まで持っていきたい隠し事でもある。

話さなくて済むのなら、話したくないものだ。

「当然だ。少し気になっていたんだ。名前とか名乗っていなかったか？」

俺はそれっぽい言葉で誤魔化すと、フェアはさらに嬉《うれ》しそうに口元を緩めた。

「ただ、先に言っておくと……ボクもあくまで聞いた話で直接見たわけじゃないから……過度に期待しないでね？」

「ああ、それでも構わない」

「確かグリード、って名乗っていたかな？　ボクは直接見たことないんだけど……見た目は人とそんなに変わらないみたいなんだ」

「グリード、か」

その名前だけでも聞けて良かった。

魔王に関してはこのくらいだな。

ただ、ホムンクルスについて、もう一つ気になっていたことがあった。

「すまない、もう一つ……ホムンクルスについて聞きたいんだが」

「なんでも聞いてよ」

「……例えば、指揮型でも強い個体とかはいるのか？」

「うん。ホムンクルスの研究は日々進んでるからね。ボクたちはどちらかというと古いタイプだけど、例えばホムンクルスの総指揮を行っている人は、指揮型に近いけど戦闘型以上に強いんだよ」

「……キミたちを逃がしてくれた人もか？」

「うん。それと……ほら、ボクたちが戦っていた時、一人だけ戦っていた子がいなかった？」

「あー、いたな」

俺が一番不安視している子だな。

彼女が万が一人に危害を加えるとなると、俺一人では止めきれないかもしれない。

「あの子、サミミナっていうんだけど……あの子も指揮型の中だとかなり強いほうかな？」

なるほどな。

ルナは確か自分のことを戦闘型のホムンクルスだと話していたな。……確かにルナはこれまで冒険者として活動してきた俺たちと遜色ない活躍ができていた。

……ルナはしかし、森で出会った戦闘型の子と違ってしっかりと自分の感情は持っているよな。

サミミナは戦闘型寄りの指揮型であり、ルナは指揮型寄りの戦闘型、とかなんだろうか？

……つくづく、ホムンクルスの力がずば抜けているのだとわかるな。

そんなホムンクルスが軍となって攻め込めば……国一つだって落とせるかもしれない。

それは、国の上層部の人たちも躍起になって情報を得ようとするはずだ。

クランハウスへと歩いていくと、やはり不自然に注目されてしまった。

耳を澄ませば、聞こえてくる。

「おい、ルードがまた別の女連れてるぞ」

「マジかよ。あいつどうなってんだよ……！」

いや、その話か。見れば、冒険者たちだ。

俺の視線から逃げるように、彼らはギルドのほうへと向かっていった。

……まったく。

このくらい、みんなが気楽ならいいんだがな。

けど、フェアをホムンクルスと知っている人は、やはりどこか怖がるような表情になっていた。

……これからどれだけの期間、ホムンクルスを保護できるかはわからない。

もしかしたら、ずっとこの町にいることにもなるかもしれない。

早急に、この町の嫌な空気は取っ払ってしまわないといけないな。

そのために、何ができるだろうか。

クランハウスに着いたところで、フェアがようやく手を離した。

クランハウス内にいたマニシアとニンがこちらを見てくる。

別にただ、拘束するために手を繋いでいただけだからな？

「ボクはホムンクルスのみんなに話をしてくるね」

「ああ、頼んだ。俺からも後で説明しにいく」

「うん、ありがとね。それじゃあ、また後でね」

「こっちも色々助かったよ」

フェアが階段をあがっていく。

俺は自分の椅子を引っ張って、座る。

それから椅子を引くようにして、こちらへやってきたマニシアとニンを見た。

「どうだったのよ？　……まあ、その顔を見るにうまくはいったみたいじゃない」

「ひとまずは納得してもらえた。代官様も情報を引き出すというのを条件に、保護してくれることになった」

「……なるほどね。まあ妥当なところよね。ブルンケルス国のホムンクルスなら、きっと色々な情報を持っているだろうしね」

「ああ。実際色々とフェアが話してくれたんだ。それ以外にも、細かい部分でホムンクルスたちが情報を持っているかもしれないからな。俺に情報収集は任せてくれるそうだ」

「なるほど。つまり、面倒事を押し付けられたというわけね」

「……ホムンクルスたちを任されただけだ。代官様のほうはいいんだ。……問題はそれよりも町の人たちのほうだな」

俺の言葉にマニシアが可愛《かわい》らしく首を傾《かし》げる。

ああ、本当に可愛い。今日一日の疲れがぶっ飛んでしまった。

「町ですか？　何かあったのですか？」

「……それがな。ホムンクルスに対して結構怯《おび》えているんだ。みんな、色々な悪い話を聞いていてな」

「悪い話、ですか？」

マニシアはいまいちぴんとは来ていない様子だ。

……ルナでホムンクルスに慣れていたというのも理由にあるんじゃないだろうか。

ニン、何か参考になる話はないか？　そんなつもりで彼女を見ると、ニンは腕を組んだ後マニシアを見た。

「まあ、そうね。歴史で見てもそうだけど、初めて開発された時はそれはもうみんな怯えていたものよ」

「……そうなんですね。でも、悪い人たちじゃないですよ？」

「それを使う人間が悪い人なら、悪いこともできてしまうのよ。……あの戦闘能力だって、本来はありえないんだからね」

「それはホムンクルスの方々が何かしたわけではないのに……そうやって考えられてしまうんですね」

「……ええ、そういうこと。たぶん、この町の人たちが知っているホムンクルスの情報ってそういうものばっかりなんだと思うのよ。だから、みんな不安になっちゃってるのよ」

ニンの言う通りだな。

町の人たちは、ホムンクルスの悪い部分についてだけ、聞いてきていた。

一度根付いた考えというのは中々払拭できないだろう。

……さて、どうしたものか。腕を組むと、マニシアが俺を見てきた。

「そう、なんですね。兄さん、何か良い案はありませんか？」

「……今、考え中だ」

「むー、それじゃあ私も一緒に考えますね」

マニシアとニンも同じく腕を組む。

二人なら何かいい案を出してくれるかも……という期待はあったが、やっぱり難しいよな。

「どうするかねぇ。良い話は聞かないが、悪い話はみんな知っちゃってるんだもんな」

「それはそうよ。そういうのって尾ひれもついてみんな好き勝手に話すものよ。ほら、ルードだって顔の怖い冒険者って、新しく来た人に知れ渡ってるでしょ？」

「知れ渡っているのか!?」

マニシア、嘘だよな？

俺が慌てて彼女を見ると、

「だ、大丈夫です……に、兄さんはほら、その……かっこいいですから！」

「ほ、本当かマニシア？」

「はい、あくまで私個人の意見ですけど、兄さんはかっこいいですっ」

やった。マニシアにそう言ってもらえただけで幸せだ。

……ただ、あれ？　やっぱり俺が顔の怖い冒険者という部分は否定されていないような。ニンが続ける。

「けど、関わった冒険者は別にルードのことを悪く言う人はいないでしょ？」

「ま、まあ……そ、そうなんだよな」

不安を払拭するためにマニシアを見ると、今度は天使の笑顔で頷《うなず》いた。

「はい、兄さん。それは大丈夫です」

……それはってことは、俺はやっぱり強面とかなんとか言われているんだろうな。

俺は一人、心で泣いていたのだが……この話でいいことを思いついた。

今のホムンクルスたちは、噂だけで恐れられてしまっている。

なら、俺のように実際に関わってみて、それから判断してもらえばいいのではないだろうか？

「ホムンクルスたちが何か町の人と一緒に関われるようなことをするのはどうだ？」

「町の人と関われる……ですか？」

「ああ、そうだ。何か町の人と関われれば、俺のように誤解がとけて溶け込めるようになるかもしれないだろ？」

俺の意見に、二人は顔を見合わせて頷《うなず》いた。

「確かに、それはいいアイデアじゃない」

「はい、完璧だと思います。……具体的に何をしましょうか？」

マニシアの疑問に、俺は腕を組む。

……町の人と関わるといっても、そう簡単に思いつかないな。

すぐに思いつくものだと、祭りなどだろうか？　だが、今は別に祭りなどの季節ではないからな。

そうなると――。

俺は普段の自分を思い出し、二人に問いかけた。

「何か、町で困っている人を助ける、とかはどうだ？」

「確かに、それはわかりやすいわね」

ニンとマニシアが頷いてくれた。

「……困っている、困っている――あっ、確かに色々ありますね」

クランハウスにも色々と相談は来るからな。

やることはたくさんあるのだ。

「何か、ホムンクルスたちでできそうなことはあるか？」

「はい。例えば、町の人たちは森の果樹園に採取に行く時、今ではほとんど自警団や騎士、あるいは冒険者の護衛をつけていくことになります。……向こうの都合に合わせる必要がありますので、そういった人の護衛をすれば、みんなと関われる機会が増えるかもしれませんね」

……それはいいな。

ホムンクルスたちがどれほど戦えるかはわからないが、森にいる程度の魔物なら大丈夫ではないだろうか？

初めての時は俺も一緒に行けばいいしな。

「ホムンクルスたちにも、提案してみたい。ちょっと話を聞いてくるな」

町に馴染むのは早いに越したことはない。

今すぐに相談しに行くため、階段へと向かった俺の服をマニシアが控えめに掴《つか》んだ。

「ルナさんも一緒にいるので……様子を見てあげてください」

「わかった」

……やっぱり、ルナも一緒にいるんだな。

同じホムンクルスの仲間だもんな。彼らのことが気になる、あるいは不安に思うのは当然だ。

ホムンクルスたちを集めた部屋へと向かう。

……大きなその部屋では、ホムンクルスたちが椅子に座っている。

扉を開けて真っ先に立ちあがったのは、一人の女性だ。

確か、サミミナだったたか。フェアがそう呼んでいた、唯一の戦闘能力を持ったホムンクルスだ。

彼女は俺に気づくと、腰に差していた剣に伸ばしていた手を引っ込め、椅子に座り直した。

それでもなお、表情は硬い。警戒されているのがありありと見えた。

「あれ、ルード？　どうしたの？」

フェアがこちらに気づく。他のホムンクルスたちも俺に気づいたが、あまり好意的な目はない。

怯《おび》えているか、あるいはわずかながらの敵意さえ感じてしまう。ルナがこちらに気づき、ホムンクルスたちに一礼してから俺の隣に並んだ。

「フェアと……みんなにも聞きたいことがあるんだ」

まずはフェアに声をかけてからホムンクルスたちを見る。

……注目が集まった。

サミミナは相変わらず表情が険しく、そんな彼女をフェアが肘でつつく。

サミミナは必死に笑顔を浮かべようとしたのだろうが、引きつっていてむしろ怖い。見なかったことにしよう。

「ひとまず、この町でキミたちを保護することになった」

すでに、フェアが話している内容だろう。俺は事実だけを伝える。

「俺はルードだ。キミたちの面倒を見るように頼まれたこのクランのリーダーだ。今回、ここに来たのは……この町にいる上で、キミたちに何か仕事をしてほしいと考えているからだ」

「仕事、ですか？」

サミミナが呟《つぶや》くように言う。

仕事と聞いた瞬間、皆の表情に険しさが増す。

「し、仕事……」

「ま、また朝から次の日の朝まで仕事とか……させ、られるのか……？」

「い、嫌だ……嫌だよぉ……」

今にも泣き出しそうなホムンクルスまでいた。

……なるほど、そんな劣悪な環境で皆は働いていたのか。

阿鼻叫喚。恐怖が伝染する彼らに、俺ははっきりと伝える。

「仕事、といっても……そういう無茶苦茶な時間働かせるわけじゃないからな」

「……え？」

　ホムンクルスたちは驚いたようにこちらを見てくる。

「あくまで、常識の範囲だな……その中で仕事をしてもらおうと考えてるんだ」

「じょ、常識の範囲……ど、どのくらいだ？」

　ど、どのくらい？

　えーと……。

　比較的勤務時間的に普通なのは、ギルド職員だったか。

　以前、リリィはなんと言っていただろうか？

　確か……

「九時から、十八時くらいが基本だろうな。昼ごろに休憩もある」

　リリィの言っていた時間は、確かこのくらいだったな。

　まあ、日によって多少は前後するとも言っていたが。

　俺がそう言った瞬間、ホムンクルスたちは目を見開いた。

「これでも難しいか？」

　お、おかしかったか？

　俺は普通の仕事というのをしたことがないから、これが正しいのかどうかわからない。

「み、短い……！」

「あ、ありえないです！　そ、そんな短くて済むなんて……っ！」

み、短いのか？

彼らの驚きっぷりに困惑していたが、ひとまず本題に入らないといけないな。

「……まあ、仕事の時間に関してはおいおい決めるとしてだ。まずは、みんながどんなことをできるのか。それを聞きたいと思っている」

俺の言葉に、ホムンクルスたちは顔を見合わせた。

フェアが代表するかのように首を傾《かし》げて尋ねてきた。

「えーと、どういうこと？」

「みんな、何が得意なんだろうと思ってな。……できることがあれば教えてほしいんだ」

「うーん、わりと何でもできるかな。どんな仕事を任せたいと思ってるの？」

「日常的に任せたい仕事は、町の人の護衛とかだろうな」

「そっか。それならサミミナが一番得意かな？」

と言って、フェアがサミミナを見た。彼女は相変わらずの鋭い視線で、こちらを見てくる。

やはり、彼女がサミミナか。長いサイドテールがふわりと揺れた。

「わかった……他のみんなは何ができるんだ？　いや、ブルンケルス国では何を任されていたんだ？」

「しいてあげるなら、ボクたちは町の開発とかに関わってたよ」

「町の開発……？　具体的に何をしていたんだ？」

「色々なものを作ってたかな。服や武器はもちろん、町自体を造ったりね」

町の開発、か。

そういえば、アバンシアではまだまだ建築予定だが、造られていないものがたくさんあったな。

すでに町に、建築家はいない。

新たに依頼をする必要があるが……もしも、それをフェアやホムンクルスたちに任せられるというのなら、任せてしまいたい。

「わかった。とりあえず、今回色々と話を聞けて助かった。今回の話から、みんなに何かしらの仕事を用意したいと思っている。ちゃんと働いてくれるなら、生活は保証しよう」

「うん……ここでお世話になっている以上、何もしないわけにもいかないもんね」

「……そうだな」

フェアが言うと、ホムンクルスたちもこくりと頷《うなず》いた。

良かった。みんな仕事がしたくないというわけではないようだ。

さすがに、何もしない者たちに食わせる食事はないからな。そこは、俺も厳しくいくつもりだ。

「とにかく、みんなありがとな。また明日」

俺がそう言うと、フェア以外のホムンクルスたちが驚いたようにこちらを見てきた。

「ど、どうした？　何か変なことしたか？」

「い、いえ……その」

サミミナが首を振り、そっぽを向く。

な、なにがどうなっている？　皆の驚愕の表情はいまもなお続いたままだ。

フェアが微笑《ほほえ》みながら、口を開いた。

「ホムンクルスにお礼を言う人がいないんだよ。みんな言われ慣れてないんだ」

「……そ、そうか。なるほどなぁ。俺には別に普通のことなんだが……」

「それが、普通じゃなかったんだ。だから、その……ありがとうって言われると嬉《うれ》しいんだよ」

「そうか」

なるほどな……。

俺からすればごく当たり前のことでも、ホムンクルスたちにとっては違うのか。

そんなことを考えながら、俺はルナとともに部屋を出た。

ルナが隣に並び、俺たちは二階を歩いていく。

下からはマニシアたちの話し声が聞こえるな。スロースの声もする。……女子同士で何やら盛り上がっているようだ。

……他の人たちがいない今のうちに、ルナに聞いておくか。

「ルナはみんなにホムンクルスであることを打ち明けたのか？」

「いえ……誰にも話してはいません。話してしまうと、マスターにも迷惑がかかってしまうかもしれませんし……」

そうだったのか。

……確かに、明かしてしまうと俺が今まで黙っていたことになるからな。

彼女を保護した段階で……あるいは、俺がクランリーダーになった段階でみんなに伝えるべきだったかもしれない。

ここまでホムンクルスのことで話が面倒になるとは思っていなかった。

それでも、いつかはどこかで明かすべきことでもあるんだよな。

そんなことを考えながら階段を下りようとした時、フェアが部屋から出てきた。

きょろきょろ、と周囲を見た彼女は俺を見つけて笑顔とともに駆け寄ってきた。

「あっ、ルード」

「どうしたんだ？」

訊《たず》ねると彼女は勢いよく両手を合わせ、頭を下げた。

「いやぁ……その、さっきのサミミナって子のことで、ごめんね？　他にも何人か目つきが悪い子いたよね？　……その、まだやっぱり人間に敵意を持っていたり、怖がっちゃったりしてる子がいるんだ。なるべく誤解はとくようにするからね」

「ああ、そういうことか。気にするな」

……俺はどうやら、人間にも怖い人だと思われているみたいだしな。

というのは半分冗談として……さっき話してみてわかったことがある。

「慣れていないのはもちろん、向こうではあまり扱いが良くなかったんだろ？　それなら、仕方ない。少しずつ慣れてくれればいい」

ありえないような時間で働かされたと話していたからな。

それだけでも、ホムンクルスたちが人間を恨みたくなる気持ちもわかる。

俺だって、毎日のように寝ずに仕事をさせられたら、恨むなんてものじゃないだろうしな。

フェアが何度も必死に両手を合わせて謝罪してきたが、まあ、彼女たちの心境もわかっているからなぁ。

難しいよな、と思っていた。

「その、フェア様。ちょっと聞いてもいいですか？」

その時だった。ルナが控えめに手をあげた。

「えーと、何かな？　ていうか、様だなんていいよ別に？」

「いえ、その。私はこれに慣れてしまって――向こうではどのような扱いを受けていたのですか？　先ほど、少しだけは聞きましたが……良ければもう少し話していただくことは可能でしょうか？」

ルナは……あまり向こうでの生活を覚えていないのかもしれない。

けど、結構際どい質問でもある。

フェアもなんとも微妙な表情になってしまった。

「む、無理なら、話さなくても大丈夫ですからっ」

ルナが遅れて気づいたようだ。

慌てた様子でそう言うと、フェアは首を振った。

「ううん、ボクは大丈夫だよ。……うーんそうだなぁ。向こうでのホムンクルスの管理は基本的に人間がトップに立つんだ。ボクたちはその場を任されているとはいえ、さらにその上に人間がいるって感じだね」

「……はい」

「それで、例えば作業に遅れや問題が発生した場合、それが人間のせいであっても、ボクたちのせいにされちゃうことが多かったんだ。……鞭《むち》でぶたれたりっていうのもあったから、その……人間を嫌ってる子もいるんだ」

酷い話、だな。

そんな過酷な環境で仕事をさせられてきたのだ。

そりゃあ、二度と人間の下で仕事をしたいとは思わないだろう。

俺も、フェアに話を通してから仕事についての話題を出すべきだったかもしれない。

反省だな。

「そう、だったんですね。すみません、嫌なことを思い出させてしまって……」

「ううん、大丈夫だよ。ルナちゃんは、ボクたちのことを一生懸命知ろうとしてくれてるんだもんね」

フェアがにこりと微笑《ほほえ》むと、ルナは何とも言えない表情で小さく頷《うなず》いた。

……黙っていることが辛いのだろう。

「この町での生活が楽しくなれるように、俺も頑張る。だから、フェアたちも協力してほしい」

「うん、もちろんだよ。ボクたちも早く、良い人悪い人って割り切れるようになりたいんだけど……やっぱりすぐには難しいんだよね」

「俺だって、もしも家族をホムンクルスに殺されていたり、ホムンクルスにいじめられたりするような環境だったら、今のフェアたちみたいになっていたかもしれないしな」

「……ルード」

「だから、助けたいんだ」

「だから、なの？」

「ああ。俺はホムンクルスに助けられていることが多い。だから、助けたい」

……今だってルナには色々世話になっているからな。

俺の言葉にフェアは口元を緩めた。

「……そっか。そう思ってくれたんだね」

「ただ、俺は思っていても町の人たちは違う。……みんなホムンクルスに怯《おび》えてしまっているんだ。今後、ここで生活していくのなら、仕事を任せることも増えていくと思う。俺はその仕事を通して、町の人たちと馴染んでいってほしいと思ったんだ」

「うん、みんなにも伝えていくよ。生きていくなら、仕事しないと、だもんね」

フェアはそう言ってから、片手をあげた。

「それじゃあ、またね」

「ああ、またあとで」

フェアの笑顔に、ルナも笑顔を返した。

フェアが部屋へと戻り、俺はルナとともに階段を下りる。

話しやすいフェアがいてくれて、助かったな。彼女がいなければ、ホムンクルスたちとの連絡を取るのも、もっと大変だったかもしれない。

ルナがこちらを見てきた。

「マスター……みなさんと町の人たち、仲良くなれるでしょうか？」

「……どうだろうな。そればかりはわからない。みんな、心を持っているんだからな」

「そうですね……マスターは、私を見つけた時……町の人たちみたいにはならなかったのですか？」

「多少は、驚いたよ。けど、助けたいって思ったんだ。だから、今ホムンクルスたちも助けたんだ」

「だから、ですか？」

「ああ。ルナを助けて、良かったと思えるからな」

彼女がいてくれたから、今もこうしてクランの運営ができているのだ。

ルナを見ると、彼女は頬をわずかに染めていた。

一階に着くと、ニンが椅子の背もたれに体を預けながら、首だけを動かしてこちらを見てきた。

「ルード、どうだったのよ？」

俺も椅子に腰かけながら、そちらを見る。

「とりあえず聞いたところによると、戦闘が得意なのは一人だったな。ただ、みんな建築とかに関わることが多かったみたいだから、そういう知識はたくさんあるようだ」

「それなら色々できることあるんじゃない？　ねぇ、マニシア？」

「そうですね。私も色々と考えてみたんですけど……」

そう言って、マニシアは机へと向かう。手招きしてきた彼女の隣に立ち、それから机に置かれた紙を見た。

「現在、町の人から建造してほしいという要望はいくつかあがっています」

「例えば、何があるんだ？」

マニシアが、細く綺麗な指を紙の上に滑らせる。

「まず、公衆浴場的なものですかね。……冒険者たちがほとんどロクに体を洗わないので、ちゃんと洗える環境を用意してほしいとのことです」

「……なるほど。確かに時々、臭いのきつい奴とかいるしな」

冒険者ってあんまりそういう細かいところ気にしないからな。

町の人からすれば、それは大層不快なんだろう。わからないでもない。

「あとは劇場ですね」

「劇場、か。でも、劇場を運営するなら、役者が必要だろ？」

「そうですね。ただ、ほらたまに劇団がこの町にも立ち寄ることとかあったじゃないですか？　そういう部分で憧れがあるみたいですね」

「……なるほどな。まあ、けど、それはもっと町の規模が大きくなってからのほうがいいよな」

「そうですね。今劇場を造ったとしても、兄さんたちで演劇をするしかないですからね」

できないぞ……。

マニシアがやれと言うのなら、もちろんやるけど。

「現実的なところでいくと、劇場よりかは公衆浴場のほうが使い勝手がいいよな？」

「そうですね」

公衆浴場、か。

確かにそう言われると、あったほうがいいと思うな。

……俺やクランのみんなは魔法でどうにかできるが、魔法が使えない人たちからすればあったほうがいい。

そもそも、魔法を学べる機会自体が少ないからな……。

「それは、代官様に提案してみれば考えてもらえるかな？」

「そうだと思いますね。話をしてみますか？」

「じゃあ、またあとで行ってみようか……。でも、さすがマニシアだな。こんなことに気づくなんて」

俺の妹は可愛《かわい》いだけではなく天才だ。

「ありがとうございます、兄さん」

マニシアが嬉《うれ》しそうに頬を緩めている。

ああ、マニシア可愛いぃ。

「お風呂、かぁ……確かにしっかりしたものがあると体も休められるわよね」

ニンが嬉しそうな声をあげる。

ニンの気持ちも、わからないではない。確かに、温かい湯舟にゆっくり浸《つ》かれば、一日の疲れもとれるしな。

これがうまくいけば、町の人たちのホムンクルスへの意識もかなり変化するかもしれない。

二人が公衆浴場への思いを語っている中、俺はマニシアを見た。

「そういえば、スロースはどこにいるんだ？」

「アモンさんなら、いつもの魔法教室に行きましたね」

「……そうか、そんなことやっていたな」

スロースはこの町に来てから、子どもたちに魔法を教えるようになった。

最近では子どもたちの中で魔法を使える子も増えてきた。

魔法教室……いつもの場所にいるかもしれないな。

「少し、スロースにも聞きたいことがあったんだ。ちょっと行ってくるな」

「わかりました。それじゃあ、私も一度家に戻り、夕食の準備をしていますね」

「ルナはどうするんだ？」

「……私は、今日はここに泊まってもいいですか？」

「ああ、わかった。何かあったら教えてくれ」

「はい、わかりました」

たぶんだが、ホムンクルスのことが気になるんだろうな。

彼女がここにいたいと言うのなら、止める理由はない。

俺たちは揃ってクランハウスを出た。教会に行くということで、ニンも途中までは一緒だ。

「それじゃあ、マニシア。またあとでな」

「はい、兄さん」

マニシアと別れた後、ニンとともに歩いていく。

「……ルナ、なんだか様子がおかしいわよね」

「……そうか？」

もちろん、わかっている。

ただ、ルナが自分の口からホムンクルスであることを伝えるまでは、俺は言わないつもりだった。

「ずっとホムンクルスのこと気にかけているじゃない。昔何かあったとかなの？」

「かも、しれないな。俺も詳しいことはわからないな」

「……そっか。わかったわ」

ニンは何とも言えない表情で頷《うなず》いていた。

教会へと向かう分かれ道で、ニンとは別れた。

それからしばらく歩き、広場に着いた。

スロースはいつもの場所に……やはりいたな。

視線を向けた先に、布が敷かれた一角があった。

そこでは、スロースが子どもたちに魔法を教えている。

……時々、マリウスが剣術教室を開いているが、スロースもそれに負けじと魔法教室を開いたのだろうか？

今のところ、スロースの魔法教室のほうが人気である。マリウスがそれに対して、少し不満を漏らしていたな……。

俺がそこに近づくと、子どもたちが駆け寄ってきた。

「あっ、ルード兄ちゃん！　水魔法使えるようになったんだよ！」

そう言って、少年が魔法陣を展開する。

見事で何より早い展開だ。将来は有名な魔法使いになるかもしれないな。

「おお、凄いな」

「アモン先生、教えるのがうまいんだよ！　すぐ使えるようになっちゃったんだから！」

子どもたちがそう言うと、スロースはそれはもう自慢げに胸を張ってみせた。

「はっはっはっ、魔王直伝の魔法講座なんじゃ。できないなんてことはないんじゃよ」

こらこら、あんまり魔王とか言うんじゃない。

わりと本気で代官が神経質になってるから……。

子どもたちも、「魔王直伝ってなんかかっけぇ！」とか言って楽しそうにしている。

スロースは子どもたちに笑いかけながら、こちらへとやってきた。

「もう外も暗くなってきたゆえ……おぬしたちもそろそろ帰るといい」

「えー、もっと魔法教えてよー！」

「一日にそんなに教えても覚えられんのじゃよ。それにこれから、わしはルードとデートなのじゃよ」

「えー！　ルード兄ちゃんまた浮気するの⁉」

「またってなんだ、おい！」

スロースが俺の左腕を捕らえてきた。俺は子どもを追いかけようとしたが、スロースに押さえつけられ動けない！

子どもたちはけらけら笑いながら去っていった。

……ま、またってなんだ。

子どもたちの無邪気なナイフに切り刻まれた俺が落ち込んでいると、スロースがぎゅっとさらに距離を近づけてきた。

むにゅんと柔らかな感触に声が出る。

「す、スロース近いぞ！」

「アモンじゃ」

「なんだ？」

「みんなアモンと呼ぶようになっておるのに、おぬしだけ距離があるからの。アモンと呼ぶんじゃ」

彼女は不服そうに頬を膨らます。俺は少し迷ったが、彼女がぐっと胸を押し付けるように抱きついてきたので、すぐに言った。

「アモン……これでいいのか？」

「うむ。ほれルード、遊びにゆくぞ」

「お、おまえには聞きたいことがあったんだよ」

「おまえではなく、アモンじゃ」

「……アモン、聞きたいことがあるんだ」

「なんじゃ？」

……なんで魔法教室を開いているのか、とかは以前にも聞いたが暇つぶしとしか答えてもらえなかった。

まあ、別に魔法が使えて不便ということはないから、俺も特に問題視はしていない。子どもたちだけではなく、親からも好評だ。アモンもマリウスも、見た目は人間とそう変わらないからな。

……ホムンクルスたちも、ホムンクルスと気づかれていなければ、こうはならなかったのだろうか？

そんなことを考えながら、腕を組んできたアモンを半ば強引に引きはがすと、ぺたんと彼女は尻餅をついた。

「だ、大丈夫か？」

「い、いてて……おぬし、今のわしはマリウスの迷宮のせいであまり力が出んと言ったろう？　もうちょっと優しく接してほしいんじゃよ」

「……本当に、そんなに弱体化しているんだな」

「今のわしは迷宮で戦った時の半分くらいの力しか出せぬのじゃよ。マリウスの迷宮を潰せばもうちっとは出せるがのぉ」

「そうか……まあ、いいや。ちょうど聞きたかったのはその魔王の話だ」

「魔王？　ほぉ、つまりわしのことかえ？　もうメロメロの夢中ということかの？」

けらけらと笑う。何を言っているんだか。

「いや、グリードって奴だ」

俺がそう言うと、それまで笑っていたアモンから笑みが消える。

「なんじゃおぬし、男のほうがタイプなのかえ？」

「男、なのか？」

「ああ、そうじゃよ。その名前をどこで聞いたんじゃ？」

ようやく、まじめな話であることに気づいてくれたようだ。

お互いに、並んで歩いていく。

「ブルンケルス国でホムンクルス技術を教えたのがその魔王グリードらしいんだ」

俺がそう言うと、アモンは懐かしい言葉を聞いたかのような声をあげた。

「なるほどのぉ。確かに奴は昔から研究が大好きな奴じゃったからな。ホムンクルス技術について知っていてもなんらおかしなことはないのぉ」

「……そうなんだな。そいつが今もホムンクルスを量産しているんだ。目的とかはわかるか？　……例えば、この国に侵攻してくるとか」

ホムンクルスを派遣し、情報収集をしている……という可能性もなくはない。

アモンはしかし、それに対しては首を振った。

「そうじゃのぉ、奴に限って言えば、それはないじゃろうな」

「……なんだと？　それじゃあどうして、奴はホムンクルスを量産しているんだ？　それこそ、戦争でも起こすかのような数だぞ？」

グリードはホムンクルスを量産して、一体何をしようとしているのだろうか？

しかし、アモンは首を振るばかりだ。

……もっと大きな何か——。

俺がグリードのやろうとしていることを考えていると、アモンは笑顔で言った。

「暇つぶし、じゃろうな」

そのあっけらかんとした言葉に、俺は思わず固まった。

「……暇つぶし、だと？」

そう聞いた瞬間。俺の中で怒りが湧き上がってくるのがわかった。

ホムンクルスたちは人間を恨むほどに感情をむき出しにしていたんだぞ？

そんな状況に追い込まれている人たちがいるというのに、それをただの暇つぶしという言葉だけで片付けるのか？

アモンはしかし、言葉を否定する様子はない。

彼女はじっとこちらを見ていた。

「わしら、魔王は寿命というものがない。一度死んだとしても、いずれまた復活することになるんじゃよ」

「そう、なのか？」

……初めて聞いたことだった。

その事実のどれもが驚くべきことだ。しかし、アモンは当たり前のことかの如く続けた。

「ああ……まあ、正確に言うのなら少し違うんじゃ……不老不死のようなものじゃ。この見た目のまま。それは魔族も変わらぬ」

「マリウスもってことか？」

「そうじゃよ」

そうなると、不可解な部分が出てくるな。

「マリウスは俺と出会った時……ほとんど記憶はないようなものだったぞ？」

隠していた部分もあるが、すべてを覚えているということもなさそうだった。

俺の疑問に、アモンは扇子を開いて答えた。

「死ねば記憶などは失われる。その後、どこかで目を覚ますそうじゃ。稀に、記憶を思い出す個体もいるそうじゃが……多くは失ったまま生活することになる。まあ、それがおぬしらのいう転生に近いものじゃな。姿かたちは変わらぬが、性格などは変化するんじゃ。じゃから、何かに打ち込めるような暇つぶしが欲しいんじゃよ」

「つまり、アモンが死ねば……俺たちとこうして過ごした記憶はなくなるが見た目などはそっくりそのままでどこかでまた生まれるんだよな？」

「そうじゃな」

……なるほどな。

それで、グリードは長い人生の中での暇つぶしとして……ホムンクルスの製造を選んだということか？

「ホムンクルスの製造……それがグリードの暇つぶしなんだな？」

「それもまた、少し違うのぉ」

「どういうことだ？」

「グリードは、ずっと最強の存在の作り方を考えていたんじゃよ。じゃから、その候補の一つとしてホムンクルスの研究を行っていたんじゃ」

「……ホムンクルスか。確かにこれまでの話を聞いた限り、最強に近そうだな」

「はは、それを最強に近いおぬしが言うのかえ？」

「……なんだと？」

どういうことだ？　俺は確かに力には自信があるが最強などとは思っていない。

アモンは扇子を開いては閉じてを繰り返しながら続ける。

「おぬしの持っている力は、まさしくグリードが長年研究しても届かなかったものなんじゃよ？」

そう言ってきたアモンに驚く。

力と言われても何も思いつかない。一体何の話なんだろうか？

「……俺の、どの力だ？」

「魔王の力である魔力による強化、神の力である外皮による強化。この二つを同時に使える者が、まさしく最強というのがグリードの結論じゃ。おぬしは、わしとの戦いで使っておっただろう？」

「……」

……アモンとの戦いで使えるようになった、この力のことなのか。

そんな、凄い力なのか？　俺の感覚としては、便利な力だな、程度のものだった。

「グリードがその力を求めているのはわかった。だが、それがどうしてホムンクルスの製造に繋がるんだ？」

「ホムンクルスの肉体で、その実験を行っているというわけじゃ」

「なんだと？　つまり、今いるホムンクルスたちもそのために造られたということか？」

「そうじゃの」

ふざけている。

そのためだけに生み出され、ホムンクルスたちは苦しい思いをしてきているんだぞ？

ルナやフェアたち。みんなと出会った時の悲しげな顔を思い出すと、怒りが湧き上がってきた。

「怒っておるのかえ？」

「当たり前だろ？　……魔王は、そういう感覚はないのか？」

「それほどはのぉ。それに、グリードは昔人間を使ってその実験を行っておったからの。実験は失敗の連続で命はいくつも失われていたからの。その時と比較すれば、まだマシではないかえ？」

「それは……」

ホムンクルスは、確かに人間よりは命の価値は低く見られることはある。

……俺も、そう思う部分は確かにあった。

ただ、それでも——フェアたちのように感情を持っている子たちを見て、そのような非人道的な行為が許せるはずがなかった。

「グリードもどこかの迷宮にいるのか？」

「迷宮は持っておるじゃろうが、今どこで何をしているかまでは知らぬのぉ。……なんじゃ？　まさか、グリードを倒しにでも行くつもりかえ？」

アモンが楽しそうに笑っていた。

「できるのなら、そうしたいところだが……さすがに居場所がわからないのなら、できはしないな」

「はは、今のおぬしじゃ無理じゃよ。奴は強いからの」

「アモンよりもか……？」

「わしは楽しむ主義じゃからな。本気で命をとりにいくつもりはないんじゃよ。精々、わしのペットにしてやるくらいかの」

……あれで、本気じゃなかったのか？

嘘だろ……？

俺が驚いていると、アモンがすっと目を細めた。

「じゃが、敵対すればグリードは本気でおぬしを殺すじゃろうな。そして、おぬしの持つ力を調べるためにその体を徹底的に調べるじゃろう」

「そう、か」

「グリードが本気を出せば、今のおぬしでは勝てぬかもしれぬのぉ。もっと鍛錬をせねばな」

「……わかった」

「どちらにせよ、じゃ。魔力の素は、魔物の体から生み出されるものじゃ。あまり過剰に使えば、体が魔の物に近づくかもしれぬのぉ」

「使うな、ということか？」

「制御するんじゃ。魔力を制御できなかったものは魔物になってしまう。じゃが、制御すれば、魔王にだってなれるんじゃよ」

「……そうか」

……この町にホムンクルスがいると気づけば、さらにホムンクルスを送ってくるかもしれない。

それが敵わないとなれば、いよいよ本人が乗り込んでくることだって考えられる。

もっと強くならないといけないな。

改めて、そう決意を固めていると、アモンが俺の腕にしなだれかかってきた。

「お、おい、なんだよ？」

「もー、わし話しすぎて疲れたんじゃよー。夕食食べたいんじゃー」

アモンが甘えるような声をあげ、そう言ってきた。

……さっきまでの緊張感などどこかへと消えてしまった。

アモンは、基本的にこういう奴だ。

本人は暇つぶし、と話していたが確かにそうなんだろうな。

「……ああ、わかったよ。マニシアが作っていると思うから、家まで来るか？」

「おおっ、それは嬉《うれ》しいのぉ。運んでほしいんじゃー」

「はいはい」

色々と情報を提供してくれたご褒美のつもりで、彼女を背負う。

……意外と胸があるんだよな。俺は彼女から伝わる感触にドキドキとしながら、共に家を目指していく。

「アモンの今の暇つぶしは、子どもたちに魔法を教えることなのか？」

「ああ、そうじゃな。あれは楽しいものじゃな。子どもというのはどんどん理解して、成長していくんじゃな」

「……そうだな」

「魔王直伝の魔法を次々に習得していく……あれは将来の魔王候補たちじゃな！」

「そ、そうか……」

そこまでみんな戦闘が得意になったら、みんな冒険者に憧れてもっと都会に行ってしまうかもしれない。

もしかしたら、アモンは間接的にこの町を潰そうとしているのではないだろうか？

恐ろしい奴だな。

第十五話　ホムンクルスの仕事

ホムンクルスの保護をしてから数日が経ち、俺は代官のもとへと訪れた。

今日もフェアを連れてきている。

以前と同じ部屋に通され、しばらくそこで待つと代官がやってきた。

今日も騎士を引き連れての登場だ。

お互い軽く挨拶をしてから、代官が尋ねてきた。

「今日はどんな理由で来たんだ？」

早速、本題へと入る。

……さて、代官に受け入れてもらえるだろうか？

「その、ホムンクルスたちに何か仕事を用意しようと思ってきました」

「仕事、か？　なるほど……もう、ホムンクルスたちは落ち着いたのか？」

代官の視線がフェアへと向かう。

フェアはにこりと微笑《ほほえ》み、深く頷《うなず》いた。

「はい。皆様のおかげです、感謝します」

「いや、我々は何もしていない。主にホムンクルスの面倒を見ていたのはルードのクランだ」

フェアの言う通り、ここ数日でホムンクルスたちは俺たちと話をしてくれる程度にはなった。

まだ距離はあるが、それでも初めよりは随分と馴染んでいる。

……あの目つきの鋭いサミミナ以外はな。

あの子だけは、特に人間を憎んでいるようなので、打ち解けるのはそう簡単にはいかないだろう。

「いえ、そんなことはありません。こうして、町に置いていただいたことだけでも感謝していますから。……それで、先ほどルードが申し上げたように、ボクたちも何か町に役立つことをしたいと考えました」

「ほぉ、町のために、か？」

代官の目が鋭く細められた。フェアは笑顔とともに続ける。

「はい。そこで、ルードと相談をして……町に公衆浴場を作るというのはどうかという話になりました。町の方からも要望があがっていると聞きましたので」

フェアの意見を聞いて、代官がこちらを見た。

少し驚いたような顔になっていた。

「公衆浴場、か。……ホムンクルスたちは、それを造れるというのか？」

「はい。ボクたちはブルンケルス国で主に町の管理を任されていました。足りない施設の建造などもその仕事には含まれていましたので、問題ありません」

「なるほど、な。それは確かにありがたいな。つまり、今日はその許可をしてほしい、ということか？」

代官の視線が俺へと向く。

……さすがに、話が早いな。

「はい。許可を頂ければ、早速ホムンクルスたちに作業を始めてもらおうと思います」

そう答えると、代官はソファへと深く座り直した。

それから彼は腕を組んだ。

「……ふむ。確かに公衆浴場は魅力的だ。冒険者たちが臭いと人々から苦情が出てきているからな」

「は、ははは……」

冗談めかして笑った代官に、俺は苦笑するしかない。

冒険者にとっては当然のことでも、そりゃあみんな気にするよな。

そして、冒険者たちが利用できる施設がないとなれば、それを造ってほしいということになるだろう。

「冒険者たちが利用してくれれば、今よりは町の人の不満も減るかもしれないな。……ただ、維持はどうする？　湯の管理ができる者が必要になるだろう」

「それらも、ホムンクルスにお願いしたいと考えています」

……町にとって重要な役目を、ホムンクルスに任せる。

そうすることで、アバンシアにとっても必須の存在になってもらえれば、より長く、この町で安全に保護できるだろう。

何よりも、代官が保護に積極的になってくれるかもしれない。

今回の公衆浴場の建造には、そのような意図もあった。

俺の言葉を聞き、代官がフェアを見た。

「フェア、できるのか？」

「はい、可能です」

代官は一度だけ唇をぎゅとしめ、それから口元を緩めた。

「わかった。許可を出そう」

その言葉に、俺もようやく、わずかに安堵《あんど》することができた。

……思っていたよりも、すんなり通って良かったな。

フェアも嬉《うれ》しそうに微笑み、代官も笑みをこぼす。

「確かに、冒険者が臭うという問題はあちこちからあがっていたからな。これみよがしに、冒険者通りに造ってしまおうか」

「そ、そうですね……」

それから代官がフェアを見た。

「すまない、フェア。これからルードと二人で話したいことがある。席を外してもらえないか？」

「はい。本日はありがとうございました」

「いや、こちらもだ。公衆浴場を楽しみにしている」

「……ありがとうございます。最高のものを造ります」

ぺこり、とフェアは頭を下げてから部屋を退出した。

さて、今度はどのような話になるだろうか？

二人きりになったところで、代官がこちらを見てきた。

「ルード、ホムンクルスたちをこのまま受け入れていこうと考えているんだな？」

……気づかれていたか。

一瞬焦ったが、そこまで理解した上で代官は許可を出してくれたのだろう。

これがカマをかけた質問なら、許可を出す前にこの話を提案していたはずだ。

「……はい。そのためにも、まずは町の人にホムンクルスへの苦手意識をなくしてもらおうと考えています、ね」

「……なるほどな。確かに今のままでは少し厳しいからな。……わかった。それも、国が望んでいるようだしな」

国？　俺は予想もしていなかった言葉に少し驚く。

「国というのは、なんでしょうか？」

「報告をしたら王城から手紙が来てな。まあ、この領地の所有者である伯爵様を通して、であるが……どうにもホムンクルスの件はひとまずこちらに預けてくれるそうだ。もちろん、重要そうな情報が手に入ればすぐに教えてほしいとも言われてたな」

「……なるほど」

それはつまり、ホムンクルスの保護がこのまま続けていけそうなのかもしれないということだな。

これなら、ルナも、それに他のホムンクルスたちも安心できるかもしれない。

良かった……。なんだかんだ、クランハウスの掃除など細かい作業をしてもらい、マニシアの負担軽減にも繋がっているしな。

「そうそう。王城からの手紙ではルードについても触れていた。直接、今回の一件はルードに任せたいともな」

「俺……ですか？」

驚いた。まさか、直接名指しされるとは思っていなかった。

……俺はそんな王城の世話になるほどの悪さをしたことはないぞ？

むしろ不安になっていると、代官が苦笑した。

「ああ。以前、ケイルドの迷宮を攻略したこともあるだろう？　その件で上も知っていたようだ」

ケイルド迷宮……アモンが管理していた迷宮だな。

確かに、あの攻略されていた階層よりもさらに深くへと調査をしていった。

それが、王城にまで届いていたんだな。

「だから……ひとまず、ホムンクルスについてはルードに任せる。……油断はするなよ」

「……わかっています」

彼らのすべてを肯定するのはやめたほうがいい、ということが言いたくて俺と二人で話したということだろう。

代官との話はそこで終わり、俺は廊下でフェアと合流したあとクランハウスへと戻った。

○

クランハウスに戻ると、ニンとマニシアが迎えてくれた。

「ルード、おかえりなさい。公衆浴場の件はどうだったのよ？」

「とりあえず、許可はおりた」

俺が言うと、ニンとマニシアはほっとしたように笑みを浮かべた。

二人も気にかけてくれていた。良い報告ができて良かった。

さて、次はホムンクルスたちに報告をしないとな。

俺が階段へと向かうと、そちらからふわふわと風に乗ったアモンがやってきた。

彼女は俺を見つけると、目元をにっこりと細める。

何やら、嫌な予感がする。

俺が階段にあげかけた足を戻し、彼女に道を譲ろうとすると、アモンの体がふわりと浮かぶ。彼女の風魔法だろう。それから、俺の上を飛び越え、一階に下りるのかと思いきや、俺の背中へと飛びついてきた。

「なんだ……どうしたんだ？」

「暇なんじゃよー、ルード遊んでほしいんじゃー」

「お、おい……っ」

アモンが首へと腕を回すようにして、そのままぎゅっと頬を押し付けてくる。

い、色々柔らかい。

ニンやマニシアがじっとこちらを見ていた。

俺がちらりとアモンを見ると笑顔だ。

ニンがやってきてアモンを引っ張る。

「こら、離れなさいよっ」

「えー、それじゃあ、ニンにくっつくんじゃー」

引きはがされた瞬間、今度はアモンはニンへと抱きついた。

「ちょ、ちょっと！」

ニンが押し倒され、困った様子で暴れていた。

……とりあえず、ここは彼女に任せようか。

ニンが暴れながら助けを求めるようにこちらを見てきた。

すまん……犠牲になってくれ。俺は小さく頭を下げてから、フェアとともに二階へと上がる。

ホムンクルスたちに、今日のことを報告しないといけないからな。

部屋の扉を開け、ホムンクルスたちを一瞥《いちべつ》する。

ルナも部屋にいて、それなりに落ち着いた雰囲気で話をしていた。

ただし、俺が入ると、サミミナからの視線が鋭くなった。

俺の入室によって、空気が変化した。どこか緊張したものとなる。

俺としては、普通に接してほしいのだが……俺は彼らと比較すると立場が上の人間になってしまう。

……緊張、あるいは警戒されてしまうのは仕方ないよな。

「みんな、聞いてくれ。さっき、代官様のところで話をしてきて……みんなに公衆浴場の建築を行ってもらうという方向に決まったんだ」

俺の言葉に、ホムンクルスたちは顔を見合わせた。

……嬉《うれ》しい、というよりは少し不安といった様子だろうか。

「それと、ひとまずはこの町で保護していくことになった。……つまり、まあこの町で生活していくのなら、みんなにも町のために色々とやってほしいってわけだ。協力してくれるか？」

こくり、と皆が頷《うなず》いた。

事前に確認はしていたが、問題はなさそうだな。

ここで、やっぱり無理と言われたらどうしようかと思っていたが、杞憂《きゆう》に終わったな。

「建築の具体的計画が決まり次第、本格的に建設を始めていく。それらを含めて、明日から仕事を開始してもらう。……だから今日はゆっくり休んでてくれ。以上だ」

「了解しました」

ホムンクルスたちが口々にそう返してくれた。

俺はちらとフェアを見る。

「今後の計画などは、フェアとともに話してくれ。俺もあまり詳しくはないから……まあ、みんなで建築計画を立てて、それから代官様に見てもらうという形になる。それじゃあフェア。頼んだ」

「うん、任せて。今日はありがとね」

「いや、こっちも色々助けられた。それじゃあ、またあした」

「またあしたね」

フェアがひらひらと手を振り、俺は部屋を出る。それに合わせ、ルナも隣に並んだ。

部屋を出て廊下をしばらく歩いていると、

「マスター……ホムンクルスの皆さんは今後はどうなるのでしょうか？」

「今後？」

「はい。その、公衆浴場の建築が終わったら、不必要になるなど……」

……なるほど。

必要なものが出来上がれば、必要なくなるかもしれないということか。

不安そうなルナの頭を軽く撫でた。

「安心しろ、大丈夫だ。公衆浴場の管理を行ってもらうことになる。……それに、この一件は俺に任せてくれることになったんだ」

「え、そうなんですか？」

「ああ。なんでも国まで話が行って、それで正式に俺に任せてくれることになったそうだ。だから、大丈夫だ。いきなり、ホムンクルスたちが好き勝手にされることは絶対にない。……俺がさせないからな」

「そ、そうなんですね……マスター、ありがとうございます」

「……いや、俺は別にな。たまたまだ。それより、ルナ……おまえは大丈夫なのか？」

「私、ですか？」

ルナはきょとんとした様子でこちらを見た。

「ああ。ここ最近はずっとホムンクルスと一緒にいるだろ？　色々話を聞いているんじゃないか？」

「そう、ですね。……国にいるホムンクルスたちがどのように生活していたのかとか、色々聞いています」

「……そうか。色々知って、今はどうなんだ？」

これまで、得られなかった情報の数々とルナは今接触している。

ルナは一度だけ下を向いたあと、弾けるような笑顔とともに顔をあげた。

「私、マスターに拾ってもらえて……本当に運がよかったんだな、と思いました。だから、みんなも今が幸せでいられるようにこれからも援助したいです」

「そうか。……ありがとな」

「はい。それでいつかは、町の人や他の人が……ホムンクルスに怯《おび》えなくなったら、その時は私もホムンクルスであることを伝えたいです」

「……そうか」

心配は必要なかったな。

もうルナは自分で考え、自分で行動できるようになっている。

俺はそんな彼女を一瞥《いちべつ》してから、ほっと息を吐いた。

一階に戻ると、未だにニンにアモンが張り付いていた。マニシアはすでに部屋の隅へと避難している。アモンの標的にならないようにしているようだった。

助けを求めるようにニンがこちらを見てきた。

「アモン。そろそろ魔法教室を開かなくていいのか？」

今は昼を少しばかり過ぎた時間だ。

アモンが外を見て、ニンから離れた。

「そうじゃな。まあ暇つぶしにはなったかの。それじゃあ、ニンよ。またあとでじゃなー」

「……はぁ、まったく。人にくっつくのもたいがいにしなさいよね」

「良いではないかー。くっついていると楽しいじゃろ？」

「楽しいというか、暑苦しいわよ」

「もう、ニンはー。ルードとくっついていたいじゃろー？」

「い、いきなり何言っているのよ！　ほら、さっさと魔法教室に行きなさいよ！」

アモンはからかうように舌を出して去っていった。

アモンめ。ちょっと恥ずかしくなって、視線を外に向ける。

俺とニンはちらと顔を見合わせ、それからお互いに視線をそらす。

「ど、どうなのよルード？」

「い、いや……その。ま、まあ……そりゃあ男として、女性にくっつかれるのは悪い気はしないな」

「え、兄さん、そうなんですか」

にこりと笑顔でマニシアがこちらを見てくる。ちょ、ちょっと怖い。

笑顔なんだけど、表現できない怖さがあった。

……くそぉ、アモンめ。

俺が困っていると、ルナが俺の手をぎゅっと握ってきた。

「ま、マスター。わ、私はマスターとこうやってくっついているの、凄い好きですよ！」

「……え？　あ、ああ」

ぎゅ、ぎゅっとルナが手を握ってくる。

と、ニンがじーっとルナを見てから、それから俺の反対の手を掴《つか》んできた。

「あ、あたしもよ？」

ニンがそう言うと、ルナは慌てた様子でさらに体を近づけてくる。

「ちょ、ちょっと！　ニンさんもルナさんも離れてください！」

マニシアが飛びつくようにしてこちらへとやってきた。

その時だった。クランハウスの扉が開いた。

この状況を誰かに見られるのは困る。ぎくりとしてそちらを見ると、リリアとリリィがいた。

リリィが目を見開き、腕を何度も振って指さしてくる。

「る、ルード!?　何やってるんですか!?　不純ですよ不純！」

「……」

リリィが叫び、すかさず近づいてくる。

リリアもまた、じろーっとこちらを見ていた。

「い、いや別に……っ」

俺は二人を引きはがそうとしたが、マニシア、リリィに詰め寄られる。

この中では比較的冷静そうなリリアに助けを求めるように見ると、彼女はぷいっとそっぽを向いた。

それからちらりと見てくる。その視線はどこか険しかった。

な、なんでそんな目を向けるんだっ。

俺が困惑していると、ひょこりとアモンが戻ってきた。彼女はこちらを見て、楽しそうに口元を緩めていた。

「そういえばそうじゃ。マリウスの奴が迷宮で泣いておったぞ」

「……ま、マリウス？　どうかしたのか？」

「それが、魔物どもにいじめられているそうじゃ。今は忙しそうじゃから、暇になったら見にいくと良いのではないかえ？」

よくわからん状況だが、逃げるなら今しかないだろう！

「い、今見にいく！」

これは良いチャンスだ。

俺は二人を引きはがし、それから逃げるようにクランハウスを出た。

「る、ルード！　待つのですよ！」

リリィが外まで追いかけてきた。遅れて、ニンもやってきた。

な、なんでリリィがあそこまで怒っているんだ!?　俺は困惑しながら、ひとまず迷宮目指して走っていった。

というか、マリウスが魔物たちにいじめられている？

……一応あいつは、元ではあるが迷宮の守護者だぞ？

迷宮でも今何が起きているのか、疑問があった。

第十六話　迷宮の裏技

「まったく、いきなり外に逃げ出すとは思わなかったわよ」

「……い、いや……その」

「なに？　あたしに腕を組まれて嫌だったの？」

「いや……そ、そうじゃない。単純に、恥ずかしくてだな……」

「ニン、変なこと聞いていないでください！　ルード、それよりこれから迷宮に行くのですか？」

リリィが首を傾《かし》げる。俺はリリィとニンに追いつかれ、共に迷宮へと向かっていた。

「ああ。マリウスの様子を見たいと思ってな」

「そうなのね。そういえばルードは迷宮の管理をしているんだっけ？」

「……まあな」

「迷宮の管理って具体的に何をするのですか？　私、ちょっと気になっていたんですよね」

目をきらきらと輝かせるリリィ。

ニンも少し気になっているようだった。

簡単に俺がこれまでにやってきたことを伝えながら、頭の片隅でマリウスのことを考えていた。

魔物とマリウスに何が起こっているのか。

俺の想像以上に危機的状況だったらどうしようか。

そんなことを考えながら歩いていく。

「ていうかリリィ。あんたクランに用事があったんじゃないの？」

「ありませんよ。遊びに来たと言ったじゃないですか」

「……そうなのね。ていうか、リリア一人で放置していいの？」

「お姉ちゃんは私がいなくても大丈夫な人ですからね！」

「いや、まあリリィよりは立派だけど……」

「な、なんですと！　ニン、それは酷いですよ！　私だって、立派ですよ？」

「まあ、最近はかなり頑張っているみたいね。ていうか、あんたはお姉ちゃんと一緒じゃなくていいの？」

「はい、大丈夫ですっ」

……昔は姉にべったりだったが、最近は少し変わったようだ。

ちょうどそこで、アバンシア迷宮へと着いた。

俺たちは早速一階層を歩いていた。

「今から守護者の部屋に行くつもりだけど、二人もついてくるんだよね？」

「ここまで来て行かないわけないじゃない」

「そうですよルード。当然のことを聞かないでください」

……俺も迷宮の守護者だから、この迷宮内ならある程度自由に移動ができる。

空間に穴を開け、そこから管理室へと移動する。

俺が管理室へと向かうと、マリウスが椅子に座り、何やら迷宮管理の画面を見ていた。

その周囲を魔物が囲んでいる。マリウスは非常に難しい顔をしている。

……思っていた以上に、問題を抱えていたのだろうか？

「マリウス、どうしたんだ？」

声をかけると、驚いたようにこちらを見た後笑顔を浮かべる。

「ん!?　お、おお！　ルードじゃないか！　助けに来てくれたのか！」

そう言って泣きついてきたマリウス。その後ろから魔物たちが迫ってくる。

「……どうしたんだ？」

「い、いやな……オレが迷宮を離れていた間あっただろ？」

「ケイルド迷宮攻略の時か？」

……まあ、それ以外でも頻繁に町へとやってくるので迷宮を離れている時間はわりと多いのだが。

「そ、そうだ！　魔物たちに迷宮の管理を押し付け――任せたのだが、その時に魔物たちがたくさんポイントを稼いでくれていたんだ！」

なるほど……。

もしかしたらマリウスが管理するよりも、魔物たちのほうが優秀なのかもしれない。

「なるほど、な。それは別に悪いことじゃないだろ？」

「あ、ああ……。だがな……そのあと、オレが迷宮を好きに作り替えていたら……ポイントが残りわずかという事件が発生してしまってな」

「発生というか起こしたんじゃないか」

迷宮に関して悪い話は聞かない。

つまり、魔物たちなりに頑張って、そして想像以上にうまくいった。

しかし、そのポイントをマリウスが使い込んでしまった、と。

あれ、マリウスが普通に悪いよな？

同情の余地などかけらもない。悪は成敗されるべきだろう。

そう思えるほどに、マリウスが悪かった。

「よし、帰ろうか。ニン、リリィ」

俺が振り返ると、マリウスが泣きついてきた。

「ま、待つんだルード！　迷宮の階層を三十階層まで増やした！　ただ、何も設置できていない！　ポイントが足りないからだ！　ここは迷宮の守護者として何とかしないと！　何とかするべきだ！」

俺に押し付けるな。

すがりついてくるマリウスを俺が引きはがそうとしたが、魔物たちもすがりついてきた。

マリウスが原因なんだから何とかしろ、とは思ったが……魔物たちは一生懸命やってくれているからな。

むしろ、マリウスの分以上に働いてくれた魔物たちのためにも、何とかしないといけないよな……。

しばらく考えた俺は……小さく息を吐いた。

「わかったよ。とりあえず、状況を確認させてくれ」

マリウスと場所を入れ替わり、俺は迷宮の管理画面を確認していた。

すると、俺の背中をニンとリリィがつついてきた。

「ねぇ……この空間当然のように魔物たちがいるんだけど、あたしたちに何の説明もなしなの？」

「そ、そうですよっ。あの魔物たちは大丈夫なのですか!?　この迷宮で出現する魔物たちみたいですけど……」

　ニンもリリィも困惑した様子で魔物へと視線を向けている。

「ああ、大丈夫だ。ちょっと近くに座ってくれるか？　ここでできることの説明をしていくから」

　ニンとリリィは顔を見合わせた後、ニンが俺の隣に……そしてリリィは俺の上へと座ってこようとした。

　それをがしっとニンが掴《つか》んだ。

「ちょっとリリィ。どこに座ろうとしてんのよ？」

「え？　ルードの膝の上ですかね？」

「理由を訊《き》いているのよ。なんでよ？」

「え？　座りたかったからですけど？」

「座りたかったからって座るものじゃないでしょ!?」

「えー、いいじゃないですか。ルードだってマニシアには座らせますよね？」

「まー、そうだな」

　そう言うと、ニンがじっと見てきた。いや、兄妹なんだからそこはいいだろ？

「そして私も――妹です」

「いやあんたはリリアの妹でしょ！」

「世の中の妹はみんな、妹というもので共通しているんだからいいじゃないですか！　ね、ルード！」

リリィ……やはり様子がおかしい。

「説明する時に邪魔だから、リリィもニンも近くに座ってくれ」

「……むー」

リリィが頬を膨らまし、俺の隣に腰かけた。ニンもまたリリィを一度見てから座る。

俺は管理画面を操作しながら、二人にできることの説明をしていく。

……そうしながら、俺はポイントを確認する。

うわ、かなり少ないな。

今は１０００ポイントしかない。

これでは、新しく魔物を増やせないため、別の魔物を複製、召喚もできないな。

今の魔物たちを配置してもいいが、それでは手抜きにしかならない。

新しい魔物が欲しいだろう。これから造っていくのは、二十一階層だ。

これまでよりも難易度の高い魔物を配置したい。そうしないと、冒険者たちも飽きてきてしまうだろう。

……Dランク、あるいはCランク級の魔物か。

魔導書を確認してみると、Dランク魔導書のガチャは３０００ポイント、Cランクで

1万ポイントだ。

これは、魔物を増やすためにポイントを稼がないといけないな。

だが、それについては良い稼ぎ方を知っている。俺は立ち上がった。

「ポイントを稼ぎに行こうか。……あー、カメレオンコング、手伝ってもらってもいいか？」

「ウゴっ！」

カメレオンコングがドラミングでアピールしてくる。

フィルドザウルスも来たそうにしていた。ただ、こいつの場合じゃれるだけでも俺が死にかねない。

俺がこれからやる予定の作戦では、ニンにも協力してもらう必要がある。

だから、ニンへと視線をやる。

「ニンにも、手伝ってもらう、大丈夫か？」

「ええ、いいけど……あたし未だによくわかってないけど大丈夫なの？」

「ああ、大丈夫だ。ニンはいつも通り、俺にヒールをかけてくれればそれでいい」

「え？　それだけで大丈夫なの？」

「ああ」

以前考えていた作戦を実行する時が来ただけだ。

……できれば、マリウスの尻ぬぐいという形ではなく、ちゃんとした場面で試しかったがな。

「ルード、私も行きますよ！」

リリィも立ち上がり、こちらへとやってきた。

……まあ、ニンだけでも十分だけど、いいか。

次にニンが忙しい時に頼むかもしれないしな。

「わかった、それじゃあついてきてくれ」

カメレオンコング、ニン、リリィとともに迷宮の誰も使っていない三十階層へと移動する。

何もない、殺風景な部屋だ。

こういった迷宮の風景などの細かいデザインはアモンにでもお願いしようか。

アモンの迷宮はかなり拘《こだわ》りを感じたからな。まさに、迷宮といった風景だった。

「ここはどこになるんですか？」

リリィがきょろきょろと周囲を見ている。

「迷宮の三十階層だ」

「……ルードが守護者だから、この移動も簡単にできるってわけなんですよね？　凄いですね」

ニンもリリィの言葉に頷《うなず》いていた。

「便利ねぇ……それで、そのカメレオンコングと一緒に何をやるのよ？」

「カメレオンコング、俺の外皮を削ってくれるか？」

「ウゴ!!」

カメレオンコングは何度かドラミングをした後、俺へと拳を叩きつけてきた。

吹っ飛ばされる俺。目を閉じ、外皮が１５００ほど削れたのを確認してから、起き上がる。

「よし、もう一回だ！」

「ウゴ!!」

「ちょ、ちょっと何がどうなってんのよ!?」

「る、ルード!?　ど、どうしたのですか!?」

殴り飛ばされ起き上がった俺が、ニンとリリィに説明をしていく。

その間にも殴り飛ばされる。

「さっき見せた迷宮のポイントは冒険者の外皮に関係しているんだ」

俺が答えると、ニンが驚いたように目を見張った。

「え、それってルードの外皮でもポイントが入るってことなの？」

「ああ、そうだ。だから、こうして稼いでいるってわけだ。……ニン、一回ヒールをはさんでもらってもいいか？」

「え、ええいいわよ」

ニンが頬を引きつらせながら、こちらにヒールを放った。

確かめたかったのはこの後だ。再び殴り飛ばされる。

俺の外皮が１５００ほど削れた。一度、マリウスの部屋に確認へ向かう。

「マリウス、今ので ポイント増えたか？」

「ああ、増えている！　た、助かった！」

……なるほどな。

ニンのヒールで俺の外皮を回復した後も問題なくポイントは入ると。

つまり、稼ぎ放題というわけだ。

「こ、これでポイント稼ぐと魔物とかがまた用意できる、ということでしたよね？」

リリィの言葉に頷く。

そう、これでこの迷宮のポイントが枯渇するということはないのだ。

再び、三十階層に戻り、俺はカメレオンコングを見る。

「ポイントは増えているようだし、このまま一気に稼ぎまくる。二人ともヒールの準備をしておいてくれ」

「ええ、わかったわ」

ニンとリリィがこくりと頷《うなず》き、俺にヒールをかけてくれる。

俺はカメレオンコングと向かい合いながら、瞳を閉じる。

ポイントを稼ぐために外皮を削られ続けるのだが……この間、なにもしないわけではない。

アモンが話していた魔王についてを思い出す。

……アモンと違い、他の魔王たちは命を狙ってくる可能性がある。

そんな時に、勝てなかったでは済まない。

……これから先、もっと強い相手がいるかもしれない。

マニシアを守るために、そして彼らの持つ魔石を手に入れるために俺はもっと強くなる必要がある。

カメレオンコングに殴り飛ばされながら、魔力を意識していく。

……アモンが言っていた、魔力と外皮を合わせた力。

これは、普通の人間では使えない力と話していた。

そして、魔王グリードはこの力を求めている。

それだけ強い力だ。完璧に使いこなせるようになれば、今よりははるかに強くなれるだろう。

魔力によって肉体を強化するのではなく、マリウスがやっていたように魔力でもって周囲の状況を確認するために使用してみる。

……霧の中でも敵を見失わず戦えるように、感覚を研ぎ澄ませる。

そうすれば、戦闘中にも外皮の確認を行いやすくできる。目を開けている時にだって、より相手の先を予想して動けるようになるだろう。

その訓練でもある。

「ウゴ、ウゴ……っ」

開始して一時間ほどが経った。

カメレオンコングが疲労した様子だった。……仕方ない。ちょっと怖いけど、フィルドザウルスを呼んでみようか。

そして再び、外皮を削ってもらう。

まるで犬のように飛びついてくる。凄まじいタックルだ。一撃で外皮が4000近く持っていかれる。力を抜いているとはいえ、さすがといわざるを得ない力だ……。

目を閉じながら、敵の動きを予想し、当たる直前に肉体に魔力を込めて防御力を高める訓練をする。

4000食らっていた一撃が、少しずつではあるが減っていく。

うまく、防御できているということだろう。

だが……まだだ。まだ遅い。

……敵の動きを魔力でとらえ、強化する。

この流れをもっとスムーズに行う必要がある。

今の俺は、『強化』を意識しすぎている。これを自然に、それこそ呼吸するようにできれば今以上に戦えるようになるだろう。

一瞬で最大限まで強化できるようになれば、攻撃と防御の切り替えが素早くできるはずだ。

感覚を研ぎ澄ませる。

集中して、敵の攻撃を捌《さば》いていくんだ。

そうやってずっと訓練を行っていく。すべての魔物と一度戦ったところで、切り上げることにした。

「つ、疲れたわね……」

「そうですね……ここまで連続で魔法を使うのなんて久しぶりですからね……」

疲れていたのはニンとリリィもだった。あまり長い休みなく、ヒールを使ってもらっていたからな……。

俺も結構疲れた。

「ニン、悪いな手伝ってもらって」

「ま、別にいいわよ。そ、それでなんだけど……ちょっとお願いがあるのよ」

「お願い……？　なんだ？」

ニンがわずかに照れた様子でこちらを見てきた。

一体どうしたのだろうか？　俺ができる範囲のことであれば協力したいが。

「あたしも……その、なにかの魔物が欲しいのよね。ほら、マニシアが持っているライムのようにね」

「ライム……ああ別に構わないが」

「ほんと!?　それじゃあ、早速戻りましょう！」

嬉《うれ》しそうな声をあげるニンに、苦笑する。もしかしたらずっと欲しかったのかもしれないな。

「リリィはどうだ？　手伝ってくれたし、何かお礼できるようなことはあるか？」

「私は……とりあえずはいいです。あっ、けど、あとで何かお願いはするかもしれませんがっ」

……なるほどな。

無茶な頼みをされないことを祈っていようか。

迷宮の管理室へと移動するために穴を開ける。

そうしながら、ライムのことを思い出していた。

ライムは非常に便利だ。部屋の掃除が好きなようで、部屋に置いておくと床などを自由にはい回り、ぴかぴかにしてくれる。

だいたいいつも俺の家を掃除してくれてくれているのだ。

穴を通り管理室へと入る。

マリウスがニコニコとこちらを見ていた。

「ぽ、ポイントが凄いことになったぞ！」

「20万ポイント、か」

まあ、だいたいそのくらいかな、とは思っていた。

「こ、こんなに簡単に稼げるなんてな！　さらに迷宮を深くできるな！」

マリウスがそう言った瞬間、魔物たちが囲んで引っ張っていく。

「ま、待て！　オレも少しくらい、いいではないかー！」

声が遠ざかっていくのを聞きながら、俺は魔導書を見た。

「ニン、何か欲しい魔物は決まっているのか？」

決まっているなら、ガチャではなく個別に狙ってもいいだろう。

そう思っていたが、ニンは首を振った。

「うーん、なんでもいいわね。とりあえず、一緒に行動できる魔物が欲しいのよね」

「それなら、ニンが自分でガチャを引いてみたらどうだ？　そうだな。このBランク魔導書とかはどうだ？」

まずはガチャの説明をする。ランダムに魔物が召喚されると聞くと、ニンは目を輝かせた。

「なにそれ！　ギャンブルみたいで、楽しそうじゃない！」

……そういえば、カジノとかわりと好きだったよな。

Bランク魔導書のポイントは5万ポイントだ。Aランクで10万となり、Sランクで50万となる。

この稼ぎなら、毎日やればSランクの魔物だらけにもできるかもしれないな。

とはいえ、そこまでの迷宮を作ってもな。街には様々なランクの冒険者がいる。

彼らに合わせられるような迷宮にしておいたほうがいい。

現状、町の冒険者は良くてCランク程度だからな。それ以上の魔物がいても、ということになる。

チラ見せしてさらに冒険者を集めるというのは悪くないかもしれないが。

「Bランクってかなり強いわよね。大丈夫なの？」

「大丈夫だと思うが……」

「それなら、一度やってみましょうかね」

そう言ってニンがBランクの魔導書に触れた。

Bランク魔導書が光を放つと同時、魔法陣が現れ、魔物が出現した。

ベビーワイバーンという魔物だ。小さな……といっても人間の子どもくらいはあるそのベビーワイバーンはこちらを見ると、軽く火を吹いた。

それが挨拶かのようだった。ニンが目を輝かせる。

「可愛《かわい》いわね、この子！」

「ババ！」

ベビーワイバーンが鳴き声をあげて、翼を広げる。

ニンが手を伸ばして頭を撫でると、ベビーワイバーンは嬉《うれ》しそうに目を細めた。

結構懐いているようだ。そんなベビーワイバーンに手を伸ばし、俺も軽く頭を撫でてみる。

ひんやりとした面白い感触だな。

「この子なら、教会においても問題なさそうね！」

ニンは俺の家でも寝泊まりをしているが、教会にも部屋があるからこその言葉だった。

そ、それを教会が認めるかはともかく。

ベビーワイバーンのサイズなら俺の家よりは教会のほうが断然いいだろう。あっちのほうが広いからな。俺の部屋では無理だ。

「ババ！」

ベビーワイバーンをニンが抱えるようにして抱きしめていた。

……ちょうどいいサイズだな。ベビーワイバーンは翼を折りたたみ、くちばしを何度か開いていた。

「その子、噛まないですよね？」

リリィは俺の後ろに隠れ、窺《うかが》うようにベビーワイバーンを見ていた。

ベビーワイバーンはリリィの声に反応するように一度口を開いた。

リリィがそそそ、と俺の背中を押しながらベビーワイバーンへと近づく。

人を盾のように使わないでくれ。

リリィはやがて、ベビーワイバーンの頭をそっと撫でた。

ベビーワイバーンは嬉しそうに鳴く。リリィも目を輝かせている。

「良かったな」

「は、はい……っ！　ルード、この子、良い子ですよ！」

「みたい、だな。ニンもこの子で問題ないか？」

俺の問いかけに、ニンが頷《うなず》いた。

「ええ、ありがとねルード！」

とても嬉しそうである。

試しにベビーワイバーンの作成画面を見ると、７万ポイントで手に入れられるようだ。

……つまり、得をしたというわけだ。

やるな、ニン。

残り15万ポイントで、俺も魔導書から魔物を探していくとしようか。

「またガチャをするのですか？」

ベビーワイバーンを撫でながら、リリィが首を傾《かし》げる。

「そうだな。基本はガチャで行こうと思っている。指定はできないが、ポイント的にうまい部分もあるからな」

「そうなのですね。でも、ポイントはすぐ稼げるからいいじゃないですか。いつでも呼べば手伝いますよ、ルード」

「だとしても、時間はかかるからな……」

時間は無限ではないからな。

とりあえずは、Dランク、Cランク程度のガチャをやればいいだろう。

初心者よりは中級者あたりを狙って、二十一階層からは造っていきたいからな。

Dランクを十回、Cランクを十二回でちょうど15万ポイントを使い切ることになるな。

……ただ、召喚した魔物たちが暮らせる環境も整えないといけない。

なので、十回ずつでいいか。

とりあえず、Dランクから召喚していこうかな。

俺は魔導書に手を当て、魔物を次々に召喚していく。

召喚したあと、ポイントを確認する。……色々な魔物がいるが、どれも本来はガチャよりも高いポイントだな。

これは運が良いほうだ。合わせて、1万ポイントくらいは得をしたかもしれない。

一気に仲間たちが増え、元々いた魔物たちが彼らと仲良く話をしているな。

次はCランクだな。

そう思ってガチャを回していったのだったが、そこで魔導書から強烈な光があがった。

「な、なんだ!?」

俺とニンは思わず顔を見合わせる。

「なにこれ、故障でもしちゃったんですか？」

リリィが首を傾げ、ニンがじっと見ていた。

「あれじゃない？　違法な手段でポイントを稼いだって怒っているんじゃない？」

「だったら、今じゃなくてもっと早くに光ってただろ？　マリウス何か知らないか？」

……こんな現象は初めてだった。

魔物たちに押さえつけられていたマリウスは、魔物たちを引きずるようにしてこちらへと這ってきた。……大した執念だ。

そうして彼はにかっと笑ってから、魔導書をじっと見る。

「なるほど、な。こいつは凄いな……」

「知っているのかマリウス？」

「いや、言ってみただけだ。けど悪い感じはしないぞ？」

マリウスも知らないのか？

困惑しながら眺めていると、扇子を閉じる音が聞こえた。

それには聞き覚えがある。振り返ると、やはりアモンがいた。

「おお、ルード。当たりを引いたのかえ？」

「……な、なんだその当たりって。というか、あまり顔色良くないな」

「そりゃあ、そうじゃ。さすがに人の迷宮の、おまけに管理室ともなるとのぉ。まあ、それは置いておいて。その光は当たりというわけじゃ。ガチャを回しているとたまーに、本当にたまーにじゃが別のランクのレアモンスターが出るんじゃよ」

「……レアモンスターだと？」

「ああ、そうじゃ。レアモンスターは多くの場合、通常の個体よりも強いからの。ちなみに、ガチャ以外での入手方法はないんじゃよ。わしら魔王の暇つぶしの一つじゃな」

「そうか」

なるほどな。……アモンは暇だ暇だとよく言っているが、そのためにこのような方式に迷宮はなっているのかもしれないな。

魔王たちが楽しめるように、とかだろうか？

魔王ではないが……俺もこの激しい光には少し興奮していた。

「というかなぜおまえがいる！」

マリウスがアモンを睨《にら》みつけると、アモンはささっと俺の後ろに隠れた。

「おー、怖い怖い。わしはちょっと様子を見にきたんじゃよ。子どもたちへの指導も終わったしのぉ」

「そうか、嫌われたんだな！　ざまーみろっ」

「けどみんなマリウスの剣術より魔法のほうが楽しいと言っておったのぉ？」

「な、なんだと!?」

マリウスが悔しそうにアモンを睨む。……確かに。

みんな剣よりも魔法のほうが好きなようだ。……わかりやすく派手だし仕方ないだろう。

「それで、これはいつ召喚されるんだ？」

「もうそろそろじゃろうな。ほれ、見えてきたぞ」

アモンが扇子を向ける。ちょうど、光量をあげた魔法陣から魔物が現れた。

魔物は思っていたよりも小さかった。

……悪魔、だろうか？　妖精のようなサイズの人型の魔物だ。背中には四枚の黒い翼がある。

「……なんだ、こいつは？」

ちょっと遊んでいる女性冒険者みたいな見た目である。

リリィが気になったのか近づくと、その妖精のような魔物はくるりと一度リリィの周囲を回ってみせた。

「たぶんじゃが、デビルフェアリーじゃな。Cランクのレアモンスターじゃ。ランクが低くならなくてよかったのぉ」

「まあそうだな。というか低くなることもあるんだな」

「ああ、もちろんじゃよ。逆にSランクなどにあがることもあるんじゃ。その瞬間が、迷宮の守護者にとって楽しいと思える瞬間の一つでもあるの」

デビルフェアリーはその場で周囲を飛び回っていたが、やがて俺のほうにやってきた。

そうして、俺の肩に乗ったあとは、楽しそうに足をぶらぶらと揺すっていた。

頭を軽く指の腹で撫でてやると、デビルフェアリーはご機嫌な様子で足を振っていた。

リリィもこちらへとやってきて、デビルフェアリーの頭を撫でていた。

それから、リリィのほうへと行き、リリィの頭に乗った。

「懐いているみたいだな」

「そうなのですか？」

リリィが両手をデビルフェアリーに伸ばすと、デビルフェアリーはその手のひらに座った。

じっと二人は見つめ合っている。とりあえず、デビルフェアリーはリリィに任せよう。
D、Cランクの魔物が随分と増えた。
この場にすべての魔物を入れておくのも大変なので、まずは残っているポイントで魔物たちが暮らせる空間を用意していく。

デビルフェアリーにも用意しようと思ったが、彼女はリリィのポケットにきゅっと入って出てこなくなった。

「この子、私が一緒にいてもいいですか？」

「俺は別に構わないぞ。デビルフェアリーもそれでいいか？」

俺が問いかけると、デビルフェアリーは顔だけをちょいっと出した。

デビルフェアリーは考えるように首を傾《かし》げ、それからポケットから出て、飛びあがる。

そしてリリィの前で羽ばたくと、嬉しそうに頷《うなず》いた。

ニンがベビーワイバーンから手を離すと、ベビーワイバーンも楽しげに飛び回る。

速度はデビルフェアリーのほうが出ている。ただ、ベビーワイバーンもかなり動きが速い。

……CランクとBランクという違いがあるのにこれか。

レアモンスターというのは本当に能力値が高いようだな。

「ルードのやり方なら、迷宮の管理って凄いラクになるわよね」

「なんじゃそれは？」

「さっき、ポイント稼いできたのよ。ルードに魔物たちが攻撃して、それで簡単にポイントが稼げたのよ。傷ついた外皮をあたしたちで治療して……その繰り返しね」

ニンがそう言うと、アモンは目を見開いた。

「なんじゃそのズルいやり方は！　わしなんてコツコツせっせと一生懸命貯めたというのに！　今度わしの迷宮でも同じことをやってもらうからの！」

アモンが悔しげな声をあげると、マリウスが誇らしそうに胸をはった。

マリウスは何もしてない。それどころか、ポイントを急いで稼ぐ必要があった原因でもある。

……まあ、アモンが今みたいに驚いていることから、凄まじい裏技ということがわかるな。

「ニンとリリィのおかげで、かなり助かったな」

「あたしも、可愛《かわい》い魔物が手に入って良かったわ！　これから鍛えてあげないといけないわね！」

「……そうだな」

確かに、後衛の人は魔物を育てて一人で狩りをする時のお供にしていることもあるしな。

「私も、デビルフェアリーちゃんと一緒に仕事しないとですね」

ちょんちょんとリリィが指で撫でる。

……それなら、と俺は二人に提案してみることにした。

「名前をつけてやったほうがいいんじゃないか？」

「そうね……ベビーワイバーン……ワインとか？」

「それニンが飲みたいだけじゃないのか？」

「うーん。なら、ベイバーンとか？　……かっこいいしいいんじゃない？」

……ベイバーン、か。確かに悪い名前ではないな。

飛んでいたベイバーンもこちらへやってきて、ニンのネーミングに嬉《うれ》しそうな声をあげている。

デビルフェアリーもリリィを見る。

「え!?　わ、私もですか!?　……うーん、しゃらしゃらちゃんはどうですか!?」

「な、なんだその奇怪な名前は」

「奇怪とはなんですか！　デビルフェアリーちゃんの翼の音がそんな感じじゃないですか！」

……いや、そんなことはないんだけど。独特すぎるセンスだな。

「デビルフェアリー、しゃらしゃらちゃんでいいか？」

まあ、デビルフェアリーが気に入ればそれでよいと思った。

しかしデビルフェアリーは首を振った。

「が、がーん」

……リリィはあんぐりと口を開け、落ち込んだ。

デビルフェアリーがこちらを見てくる。……名前を決めて、と目が訴えかけていた。

「そうだな……」

な、なにか……あるか？　……見た目からして女の子っぽい魔物だし、やはり可愛《かわい》い名前のほうがいいだろう。

ルフェア、とかか？

俺のネーミングは安直だとよく言われる。今回もデビルフェアリーからそのままとっただけだが、まあいいだろう。

「ルフェアでどうだ？」

「……」

「えー、微妙じゃないですか？　ね、デビルフェアリーちゃん？」

復活したリリィが訊《たず》ねると、デビルフェアリーは俺のほうにやってきて嬉《うれ》しそうに周囲を飛んでいた。

「き、気に入ったのですか!?」

リリィの問いかけに、ルフェアが頷《うなず》いた。

またリリィが一人落ち込んでいたが、これで名前は決まったな。

ただ、まだまだ俺には仕事が残っている。

俺は、迷宮の管理を再開することにした。

召喚したDランクの魔物たちを二体くらいの組み合わせで、複製、召喚のセットを行っていく。

二十六階層からはCランクの魔物だ。

……うまく組み合わせを行って召喚していったのだが、それを見ていたアモンが声をあげた。

「迷宮が同じ景色じゃつまらないのではないかえ？」

アモンの意見はもっともだ。

……ちょうどよかった。

「中々良いものが浮かばなくてな。アモンにデザインを任せようと思っていたんだが、お願いしていいか？」

「なに？　良いのか!?　迷宮の構成や、中の雰囲気を考えるのも楽しいのじゃぞ!?」

信じられない、といった目でこちらを見てくる。

迷宮の管理者にとって、頼むのは異常なことなんだろうか？

「そうだけど、中々大変だからな。頼む。アモンの迷宮は攻略していて楽しいと思えるものだったしな」

「ほほぉっ。嬉《うれ》しいことを言ってくれるのぉ！　それじゃあ、まずは十一階層から遺跡風にして……その後の二十階層からは明るめのエリアにするのもよいのぉっ！　ポイントはあまっているものを使ってよいかのっ？」

「足りなくなったらまた稼ぐ。いつでも言ってくれ」

「わかったんじゃよ。それじゃあ、早速とりかかるんじゃ！　またあとで来るといい。やっておくからのっ」

アモンが目を輝かせ、迷宮の操作を行っていく。

「……ルード、いいのか？　奴はあれだぞ？　魔王だぞ？」

「それなら、マリウスがみんなが納得できるようなものを造ってくれないか？」

俺がそう言うと、魔物たちがマリウスを睨《にら》む。

マリウスは頬を引きつらせながら、アモンをちらと見た。

「今はこいつに頼ってみてもいいかもな。うん、そんな気がしてきた」

……魔物たちに批判されずに造れる自信はないようだな。

アモンが迷宮を造り変えていき、それを横から見ていたマリウスが目を見開いた。

「くっ……な、中々センスがあるようだなっ」

「当たり前じゃ。落ちこぼれと一緒にするでないぞ」

「だ、誰が落ちこぼれだ！　ま、魔物たち！　頷《うなず》くな！」

……魔物の初期メンバーが揃って頷いていることに、マリウスは大変不服そうである。

とりあえず、仲良くやれそうだな。今日はこのくらいでよいだろう。

「俺たちは一度町に戻る。また今度来るからな」

「あ、あああわかった！　それまでに稼げる迷宮にしてみせるからな！」

マリウスが元気良く答えた。それに対して、アモンがくすくすと笑う。

「まあ、おぬしは何もしとらんがのー」

「うるさいっ！　ええい、ならばオレに任せろ！　あっおまえら！　邪魔をするなっ！」

マリウスが暴れていたが、魔物たちもそれに全力で抵抗している。

これなら、ひとまず問題はなさそうだな。

俺はニンとリリィとともに町へと戻った。

町へと戻った瞬間だった。騎士が驚いたように剣を向けてきた。

「わ、ワイバーンの子ども!?」

……そりゃあそうか。

騎士たちに剣を向けられたベイバーンが甘えたように鳴いてみせた。

敵意はないというのを表現したのだろう。だが、しかし騎士はより警戒してしまった。

……悲しそうにベイバーンが落ち込んでいて、その背中をリリィが撫でている。

「大丈夫よ、あたしのペットだから。ね、ベイバーン」

「ババ！」

……そりゃあ、そうだよな。

デビルフェアリーと違い、リリィのポケットに隠れられるサイズじゃないからな。

ニンがベイバーンの足を掴《つか》むと、ベイバーンはバサバサと翼を動かした。

ニンの体がわずかに浮いた。それから、ベイバーンがニンを引っ張るように飛行していく。

「おおっ、これいいわね！　今度からこれで巡回とかしましょうか！」

ええ……。

「あっ！　ニンずるいです！　私も、私も運んでください！」

リリィがぴょんぴょんとジャンプしたが、ニンに届くことはない。

ベイバーンは楽しくなってきたのか、さらに翼をバサバサと振っていく。

さらに高く跳んでいくニン。それを呆然と見ている俺。

騎士は目を凝らすようにニンを見上げている。そんなに心配しているのか、と思っていたが……彼はやがて残念そうに声を漏らした。

「下着が見えるような服じゃない、か……」

おい、誰か騎士呼んでこい。……って、この人が騎士だった。じゃあ、誰が取り締まってくれるんだ……。

そんなことを思っていると、突然悲鳴があがった。

「ちょ、ちょちょちょっと⁉　お、お願いだから、あ、あんまり高く飛ばないで⁉」

ニンが可愛《かわい》らしい悲鳴をあげている。一体どうしたというのだろうか。様子を見ていると、明らかにニンの顔が青ざめていた。

……もしかして、案外高い所が苦手なのか？

あれ？　でも、昔屋敷から逃げる時に二階から外皮を利用して飛び降りたとかも話していたことがあるな。

ベイバーンは申し訳なさそうに高度を下げる。ニンは呼吸を乱しながら、着地した。

「べ、ベイバーンは悪くないわよ。そう、気を落とさないで頂戴……あたしが、高いの無理なだけだから……」

引きつった笑顔とともにベイバーンの肩をそっと叩いた。

「高いの、苦手だったんだな。というか、苦手なものあるのか」

「……そ、そうよ。わ、わるい？」

地面にぺたんと座った彼女は恥ずかしそうに、こちらを睨《にら》んでいた。

可愛いところもあるもんだな……。

そんなことを思っていると、リリィがベイバーンの足を掴んだ。

「ベイバーン、空の旅に行きますよ！」

そうリリィが言うと、ベイバーンは翼を広げた。

ぱたぱたと再びベイバーンは空高くへと飛んでいく。

「わぁ!?　た、楽しいですねこれ！　もっと高く飛んでください！」

……リリィは嬉《うれ》しそうな声とともにさらに高くへと飛んでいく。

お、おい大丈夫かリリィ？

しばらくそれを眺めていたが、リリィが地上に降りてくる気配はない。

と、その時だった。

こちらへ勢いよく近寄ってくる者がいた。

「り、リリィ!?　そ、そんなところ危険だから降りてきて！」

リリアだ。彼女はリリィを発見してすぐに、慌てた様子で声をあげた。

リリィがこちらを見て、声を張りあげた。

「だーいー、じょーぶーですよー！」

「だ、大丈夫じゃない！　る、ルード！　リリィがあんな高いところにいる！　どうにかして！」

どうにかしてと言われても。

がしがしと揺さぶられながら俺は、リリィへと視線を向ける。

「……リリィ、そろそろリリアも心配しているし降りてきたらどうだ？」

「わーかーりーまーしーたー！」

俺が伝えると、ようやくリリィもだんだんと下へ降りてきた。

そして、リリィが満面の笑顔をリリアへと向けた。

「お姉ちゃん、そんなに心配しないでください。あのくらいへっちゃらですから」

「り、リリィ……けど、危ないんだから気を付けて」

「はい、お姉ちゃん。ごめんなさい心配かけちゃって」

そう言ってリリィはリリアへと抱きつく。

リリアもそんなリリィを嬉しそうに受け止めていた。

「ところでリリア。何か用事でもあったのか？」

わざわざリリアが来たのだから、何かあったのかと思った。

リリアはリリィを撫でながら首を振った。

「リリィが戻ってきたのがなんとなくわかったから」

「……双子の勘か？」

「このくらい、当たり前」

……そういうものなのだろうか？

第十七話　建設開始

公衆浴場の建設が始まって今日で三日目だ。

一日目で設計図を完成させ、代官に提出した。

二日目に、いくつか気になる点を指摘してもらい、修正したものを提出した。そして、今日の朝、建設の許可がおりたため、俺たちは早速取り掛かっていた。

俺も状況を確認していたが、朝からまったくもって無駄なく仕事をしていた。

……さすが、ホムンクルスたちだ。

彼らはホムンクルスとして作製された時に専門的な知識を教えられたらしい。

そのため、何の問題もなく公衆浴場の建築は進んでいる。

建築している様子を見に、町で暮らしている人たちが時々やってくる。

ホムンクルスすげぇ、となったのはどちらかというと冒険者たちである。

町の人たちはやはりどこか少し警戒して、遠巻きに様子を見るという程度だった。

……うーん、中々うまくいかないな。

俺の想定では、もう少しお互いにうまくいくものだと考えていた。

「やぁ、これ差し入れだよ。今日も頑張ってるね」

建設の様子を見ていた俺たちのところへ、ギギ婆《ばあ》がやってきた。

「ギギ婆……これはいったい？」

ギギ婆が運んできたのは、何かの荷物だ。

そのカゴを見てみると、中には食料が入っていた。

「みんな頑張ってるからね、プレゼントだよ」

ギギ婆はそう言って、俺の隣にいたサミミナに微笑《ほほえ》んだ。

サミミナは慣れない様子でそちらに会釈だけを返した。

「じゃ、渡したからね。ルードが一人で全部食べないように。それじゃあ、頑張ってね」

「はい、ありがとうございます」

軽く頭を下げてから、俺はそこでホムンクルスたちに声をかけた。

「みんな、一度昼休憩にしよう。食事の差し入れを頂いたんだ」

……マニシアたちにも用意してもらっていたけど、まあそれは夕食の時にでも食べればいいだろう。

カゴを置き、ホムンクルス一人一人に食べ物を渡していく。中に入っているのは主にパンだったが、果物なども入っている。

パンを受け取ったサミミナは、考えるようにそれを見ていた。俺はそちらに近づいた。

「これを私が頂く権利はありません」

サミミナはすっとパンを俺のほうに差し出した。

「食べればいいだろ」

「私は何もしてないです」

かたくなである。

さて、どうしたものか。

俺は小さく息を吐いた。

町で保護したホムンクルスたちは指揮型といわれるタイプで、サミミナも同じだが……

サミミナの場合は戦闘能力が他とは比べものにならないほど高い。

その代わりにといってはなんだが――とても不器用なのだ。

そのため、建築には一切関わっていない。関わると問題発生、修正に時間がかかるためだ。

……そのための戦力外通告。

初日からサミミナは建築の様子を見守るという立ち位置に落ち着いたのだ。

サミミナは悔しそうな顔とともに、それから自嘲気味に笑った。

「ギギ婆《ばあ》はみんなにくれたんだ。気にするな」

そう言うと、サミミナは申し訳なさそうにだが、パンを食べ始めた。

パンを食べ終えた彼女は、それから小さく息を吐いて用意されていた椅子に座る。

「私はどうせ皆のために役に立てないようなホムンクルスです。戦うことしかできない無能ですから……」

……わりと本気で落ち込んでいるようだ。

椅子に座ったまま、膝に顔をうずめるように丸くなってしまった。

「そのことなんだが……少し協力してほしいことがある。このあと、一緒に森まで行かないか？」

「森ですか……？　一体何のためでしょうか？」

サミミナが顔だけをあげてくる。まだ体を起き上がらせるほどの気力はないらしい。

「見慣れない魔物が現れたらしいんだ、町の人たちのためにも討伐したい」

「あなたにはクランメンバーがいるじゃないですか……」

「ああ……ただ、みんなちょうど忙しくてな。同行はギルド職員の二人と俺とサミミナと考えている。来てくれないか？」

そう訊《たず》ねると、サミミナは迷うように視線を建物へと向けた。

それから、フェアがやってきた。

「どうしたのルード？」

「ちょっとサミミナの戦闘能力を借りたかったんだ」

「そっか。サミミナが良いって思うなら、行ってきたらどう？　ここにいてもやることないでしょ？」

「うぐっ」

フェアは、恐らく協力させるためにわざとそんな言い方をしたのだろう。

しかし、この一言に、サミミナは再びうなだれてしまった。

膝の間に顔をうずめたまま、サミミナは片手をあげた。

「そうですね。役立たずですし……はい、同行します」

とりあえず、ついてきてくれるようだ。

立ちあがったサミミナはふらっと体を傾かせてから、腰に差した剣へと手を伸ばした。

「じゃあついてきてくれ」

「……はい」

サミミナの鋭い視線を背中に浴びながら、俺はギルドへと移動した。

ギルドは……久しぶりだな。

だいたい重要な話があれば、リリアかリリィがやってきて報告してくれる。

だから、俺が直接行く必要があまりなかったのだ。

ギルドに入ると、掲示板に依頼書の張り出しをしていたリリィがこちらに気づいた。

「あっ、ルード、ちょっと待っていてくださいね」

「別に急がなくても大丈夫だ。こちらが、サミミナ、ホムンクルスだ」

「……よろしくお願いします」

そう言ったサミミナの表情は険しい。最近、俺にはその視線を向けなくなってきたが、まだ他の人間にはどこか警戒感を露わにすることがある。

リリィがびくっと肩をあげ、奥にいたリリアが駆けてきた。

シスコン姉ちゃん、今日も早いな……。

「何？　ルード、リリィをいじめてんの？」

「いや、そんな気はない。サミミナは少し人間が嫌いなんでな。別に悪気があるわけじゃない」

リリアがじっとサミミナを見る。

サミミナも表情を何とか戻そうとしていたが、それでもどこか引きつったものになっている。

リリアはじっとサミミナを見てから、

「まー、そっか。それなら仕方ない。こっち準備してるから、ちょっと待ってて」

「了解だ。サミミナ、座って待ってよう」

「……わかりました」

俺たちは掲示板の前にあった椅子に腰かけ、二人の様子を眺めていた。

……リリィが精力的に働いているな。ケイルド迷宮に行ってからというもの、彼女はかなりはきはきとしてきた。

俺を見かけると妹のように後ろをついてくるしな……。いやまあ、彼女のほうが年上なんだよな、一応。

「かなり、強い方たちですね」

「わかるのか？」

「なんとなく、ですがね。これなら……私、別に必要ないと思いますが」

サミミナがまた落ち込んでしまう前に、俺は声をかけた。

「まあ、何があるかわからない。数はいたほうがいいだろう」

「そうですか」

サミミナはそれから、小さく息を吐いた。

「……申し訳ありませんね。気をつかわせてしまって」

さすがに、気づかれたか。

「いや、そんなことはない」

サミミナはまた小さく息を吐いた。

「私もどうにかしようとは思っていますが……人間たちに色々と苦しめられてしまったものので。人それぞれというものはあると思いますが……それでもやはり、どうしても……思うところがあるんです」

「わかってる。そんなすぐにどうにか割り切れるものじゃないのはな。……少しずつでいいから、自分の中で悪い人間、良い人間を作っていってくれればいいさ。この町の人たちは、まあ変な人もいるけど、悪人ばっかりなんてことはないだろうしな」

「……そうかもしれませんね。……少なくとも、ルード。あなたは良い人間だと思えるようになりましたよ」

サミミナはそう言ってから、頬をわずかに染めた。

「……す、すみません。なんでもありませんから」

「いや、いいんだ」

……恥ずかしそうにしていたサミミナにこちらも困ってしまう。

ある程度自然に話せるようになったのに、またちょっと恥ずかしくなってきてしまった。

しばらく待っていると、リリアとリリィがやってきた。ギルド職員の服であるが、腰にはそれぞれ剣を差している。まあ、彼女らにとってはギルド職員の服が戦闘服という部分もある。

というか、服を選ぶのが面倒というリリアは私服にまで使っているくらいだ。

「待たせたね」

「お待たせしました。行きましょうか！」

リリアとリリィに頷《うなず》き、俺たちはギルドを出た。

今回の魔物は正体もわかっているので、サミミナが必要ないといえば確かに必要はなかった。

それでも、ここ最近あまり活躍できていない彼女に、少しでも役目を与えたいと思ったという部分があるというのも事実だ。

……工事現場の隅のほうで悔しそうにうずくまっている彼女を見ていたらな。

四人で町の外へと向かって歩いていく。

ご機嫌な様子のリリィが、こちらを覗《のぞ》きこんできた。

「ルード、もうすぐ公衆浴場ができますけど、あれは何のために造ったんですか？」

「あれは、みんなから要望があったからな」

正確に言うのなら、建物を通して町の人々とホムンクルスが交流できればと思っていた。

その意図を察していたからか、たぶんギギ婆《ばあ》もああやって協力してくれているのだ。

「なるほど、そうだったのですね。てっきり、ルードが覗き見するために造っているのかと思いました！」

「そんなこと考えたこともなかったな……」

「えー、ルードはそういうこと考えているんだと思っていました！」

……まったく人をなんだと思っているんだ。

ただ、リリィにそう言われると少し意識してしまう部分もあった。

リリアがリリィの額を軽く小突く。

「余計なこと言わないの」

「えー、でもお姉ちゃんも楽しみにしていたじゃないですかお風呂！　お姉ちゃん好きですもんね」

「余計なこと言わないのっ」

リリアが頬をわずかに染め、それから俯《うつむ》いた。

……へぇ、意外だな。

「リリア、風呂が好きなのか？」

俺が訊《たず》ねると、リリアは口をすぼめ、頬をかきながら答えた。

「……まー、その。……まー、す、好きだよ」

「別に恥ずかしがることはないんじゃないか？」

「そうですよっ。お姉ちゃんって自分の好きなものを口にしようとしたら、すぐに恥ずかしくなっちゃうんですから」

リリィが続けて言うと、リリアはリリィの頬を抓《つね》る。

「い、痛いですお姉ちゃん！」

「あんまり余計なこと言わないで……っ」

リリアが頬を真っ赤にしながら、そう言った。

……二人は相変わらず仲が良いな。

「リリィはそのへん、かなり素直だよな。ただ、まあ好きなものを口にするというのは中々恥ずかしいこともあるだろ？」

「そうですかね？　私大丈夫ですよ？」

「いやいや、例えば好きな人とかの話とかは難しくないか？　リリアにとっては好きなものもそれに近いものがあるんじゃないのか？」

と思ったが、リリィの好きな人はリリアだったか。

……それなら、例えとしては間違っていたかもしれない。

「え……？　あ、う、うん……そ、そうですね」

……リリィがとたんに顔を赤くして、そっぽを向いてしまった。

それからリリアの腕にぎゅっと抱きつき、俺のほうをじろーっと睨《にら》んできた。

そういえば、サミミナはどうなんだろうか。

「サミミナはどうなんだ？　風呂とかは好きなのか？」

「好き、かどうかはわかりません。きちんとしたお風呂に入ったことはありませんから」

「そう、なのか……？」

「はい。向こうではホムンクルスたちが風呂に入るということはありません。まあ、不潔であれば管理する者に批判されるのでその前に軽く水で洗う程度にはありましたが……その洗っている時間が長いとそれはそれで文句を言われましたから」

「……」

そう、か。

サミミナにとっては、風呂も未体験のものなのか。

「知らないこと、たくさんあるんじゃないか？」

「……そうですね。屋根のある家で過ごすということ、食事に関してもこちらに来てから初めて知ったことでしたね」

「……そう、なんだな」

ホムンクルスは食事をとらなくても一応は生活できるという。

ただ、食事をしたほうがもちろん能力も向上するらしいが……。

「はい」

俺たちにとっては当たり前のことでも、サミミナにとってはすべて新鮮なんだな……。

「人は、嫌い？」

リリアとリリィがサミミナに近づく。

サミミナは申し訳なさそうに目を伏せ、こくりと頷《うなず》いた。

「申し訳ありませんが……今のところは」

「そっか、気持ちはわかる」

リリアがそう言うと、サミミナは少しだけ不満そうにする。リリィが口元を緩めた。

「わかるはずないって、思いますよね」

「……ええ、申し訳ありませんがそう思ってしまいました」

「けど、私たちも似たようなものだから」

リリアがリリィのあとに言うと、サミミナは不思議そうに首を傾《かし》げた。

……そういえば、二人も人間嫌いだな。だから、基本的に自分たち以外の相手は信頼していない。

仕事以上の関係を作らない、それがリリアとリリィだ。

まあ、多少ニンたちには心を開いているようだけど。

「似たようなもの、ですか？　ですが、あなたたちは人間ですよね？」

「人間でもホムンクルスでも関係ない。……周りの人を信頼できなくなる時はあるから」

「そう、なんですか？」

「……昔、両親に虐待を受けていたから。虐待ってわかる？」

リリアが苦笑交じりにそう言った。

彼女の言葉に、サミミナは深刻そうな様子でこくりと頷《うなず》いた。

「食べ物の制限を受けたり、身体的にいじめられたり、ですかね？」

「うん。そこから、私はリリィと一緒に逃げた。強くなって、冒険者になって今は職員をやっている」

「……そう、なのですね。人同士でも色々あるんですね」

こくんと、二人が頷いた。

「今は、まあ。人嫌いじゃない。でも悪い奴はもちろんいる……そういう奴からは逃げればいい。我慢したっていいことないんだから。ルードが嫌だと思えば、逃げ出しちゃえばいいの」

「おい、リリア。そんな逃走を促すようなこと言わないでくれよ」

……万が一本当に逃げられたら、責任について問われてしまうからな。

俺の言葉にリリアはわずかに、リリィは満面の笑顔を浮かべた。

「ま、けど。ルードの場所は居心地がいいと思うよ。逃げる時は、その環境には戻ってこれないって思って逃げないとだよ」

「そうですね……今の私たちがブルンケルス国に行っても恐らく処分されるだけですからね」

「そういうこと」

最後にそう付け足してくれた。

……まあ、それなら悪い言い方じゃないよな。

リリアとリリィはそう言って、歩き出す。……少し照れ臭いので、俺も逃げるように歩き出した。

○

森に入ったあと、魔物を探していく。

ゴーレムを発見した。

確かに、このあたりには生息しない魔物だ。

たぶん、どこかから流れ着いてきたのだろう。それらと戦っていく。

サミミナは想像以上に動きが良かった。

下手をすれば、リリアと同じくらいは剣の扱いがうまい。

同時に、戦闘型のホムンクルスはこれに近い力を持っているということに驚きもあった。

「……かなり、良い動き」

「ありがとう、ございます」

リリアとサミミナが背中合わせで敵を仕留めていく。

俺は挑発を使って、魔物が逃げ出さないようにするくらいが仕事だった。

「……なんだか暇ですねー」

リリィは探知魔法を使って次の魔物を探している。といっても、前衛二人が過剰すぎるほど強いので、俺たちは圧倒的に暇だった。

「そうだな」

「なんかしますか？」

「余計なことしていると、お姉ちゃんに怒られるぞ」

「る、ルードのお姉ちゃんじゃないですよ！　……お、お姉ちゃんって。なにを考えているのですか⁉」

「は⁉　いや、何も考えていないが」

ぺしぺしと、リリィが俺の腕を叩いてくる。

……何が言いたかったんだこいつは。

最近はリリィも俺にようやく打ち解けられてきたようで、親しく話すようになったがこれまではそこまで深く関わることはなかったからな。

まあ、時々話はしていたし、たまに買い出しとかは一緒に行っていたが……あくまでそれくらいだしな。

「何してるの？」

……あんまり話しているとリリアがやってくるからな。

「何でもない」

そう言いながら俺はサミミナを見る。

彼女は汗をぬぐいながら、剣を鞘《さや》にしまっている。

「終わったんだな？」

「ええ、まあ。これで終わりでいいんですよね？」

サミミナの問いかけにリリアが頷《うなず》いた。

「うん。これで今日の仕事は終わり。サミミナ。良い運動になった？」

「そうですね。久しぶりによく動きました」

それならよかったな。

……またしばらく、工事現場の見張りだけでも大丈夫だろうか。

俺たちは一度ギルドへと戻った。

ギルド職員がやってきて、声をかけてきた。

「あっ、リリア先輩、リリィ先輩。終わったんですか？」

「うん。処理だけ済ませておいて」

「わかりました。お疲れさまでした。あっ、そ、そのルードさんもお疲れさまでした！」

「今日はそいつ、なんもしてないよ」

……いやいや、魔物が逃げないように一生懸命挑発してたからな。

リリアがからかい交じりの笑みを残し、奥へと消えていった。

それから職員は、俺からサミミナに視線を向けた。

「あっ、えーと……協力してくれてありがとうございます！　助かりました」

「え？　……あ、ああ、はい」

サミミナは困惑した様子でそう答えた。職員はそれから受付のほうへと戻っていった。

お礼を言われたのがそんなに意外だったのだろうか？

「サミミナ、そろそろ戻ろうか」

「……そうですね」

軽く頷《うなず》いた彼女とともにギルドを出る。

……少しだけ、サミミナの口元が緩んだように見えた。気のせい、じゃなければいいんだが。

○

工事現場へと戻ってくると、意外な光景が広がっていた。

ルナ、アモンとともに子どもたちが、建築している様子を眺めていたのだ。

わずかながらではあるが、大人も混ざっていて……みんながそれなりに関心をもってくれていることがわかった。

……そりゃあそうだよな。何を造っているのか気になるのは当然だ。

「わー、すごーい！　こんな風に作ってるんだー」

子どもたちは楽しそうな笑顔で、興味津々といった様子だ。

よく見れば、マリウスもいた。……向こうで子どもと追いかけっこを楽しんでいて、まったく建築の状況は見ていないが。

色々、話もしていかないとだな。

そう思っていると、ちょうど大人たちがこちらへとやってきた。

「なあ、ルード……ホムンクルスが作る風呂って大丈夫なのか？」

……サミミナがホムンクルスであることは気づいていないようだな。

サミミナの顔を隠すように動き、俺は大人たちを見る。

「大丈夫ですよ。他の町ではこういったものは当たり前のようにホムンクルスに任せているんですから」

「そ、そうなの？」

「はい。他にも、ホムンクルスが店の接客などを務めていることもあるんですよ」

「けど、やっぱり不安じゃない？　悪い話も聞くし……」

「その分、助けられている話もたくさんありますから。……ほら、例えば迷子の子どもを見つけ出してくれたホムンクルスとかもいるんですよ」

「そ、そうなの……？」

嘘はついていない。

すべて本当の話だが、それでも半信半疑といった様子だ。

まあ、今すぐに全部を受け入れてもらえるとは思っていない。

ただ、少しずつでいいから、皆に受け入れてもらえれば……それでいい。

「うーん……まあ、なんていうか……人とそんなに変わらないもんね」

一人がそう言った。

……ま、まあ。この町のホムンクルスが一般的なものだと思い込まれると、それはそれで色々不都合が出てしまうんだけどな。

けど、そこらへん細かい話をすると、またみんな不安に思うかもしれないからな……。

他国から来た、違法なホムンクルスですよ、なんて言ったら……さらに皆が不信感を抱いてしまうだろう。

今は、このままでいくしかない。

大人たちと一緒に、子どもの様子を見ていた。

フェアが子どもたちに公衆浴場の説明をしている。

その姿を見ていると、大人たちも多少は不安が和らいでいくようだった。

「……まあ、今はルナちゃんとアモンちゃんが見てくれているしね」

「うん。大丈夫そうだな。マリウスも一緒に見守ってくれているしね」

大人たちがぽつりと漏らした感想に頬が引きつる。

一人はホムンクルス、一人は魔族、一人は魔王。

特に後ろ二人は下手したらフェアたちよりもよっぽど凶悪だからな。

「ほら、そろそろ帰るわよー」

親が呼びかけると、子どもたちがこちらへとやってきた。

ルナ、マリウス、アモンも俺たちが来ていることに気づいたようだ。

……楽しく遊んでいたようだな。それも町にとっても、彼らにとっても良いことだろう。

子どもたちと別れ、ルナたちと合流する。

「マスター、今日はどちらに行かれていたのですか？」

「森で魔物の討伐を行っていたんだ」

なんだ、マリウス。不満そうな顔だな。

「ルード、そんな楽しいことになぜ誘ってくれなかったんだ！」

「おまえもアモンも、子どもに剣と魔法を教えるので忙しかっただろ？」

俺がそう言うと、今度はアモンが、何やら自慢げに胸を張る。

そして、ばっと扇子を開いた。

「今日のわしらの指導では、わしのほうが子どもが多く集まったんじゃよ」

「おいルード！　こいつ、果物を餌に子どもをつったんだぞ!?　ずるくないか!?」

「はっはっはっ、知恵というものじゃよ」

果物、か。果樹園でとってきたものだろう。

マリウスだって用意するのは簡単なんだから、ズルということではないな。

二人が喧嘩している間にルナが苦笑しながら入っていた。

サミミナが、フェアのほうに向かう。

「フェア、戻りました」

「うん、ありがとね。どうだった？」

「……そう、ですね。色々と未知の経験でした」

「そっか。ルードもありがとね」

「いや、俺は別に……」

今後のことも考えると、サミミナはギルド職員、あるいは冒険者のほうが向いているよな。

ただ、まだサミミナの扱いが難しい以上、そのどちらも自由にやらせることはできない。

それでも、協力はできる。

「サミミナ。また今度、魔物狩りに行きたくなったら言ってくれ。準備はしておく」

「……わかりました」

サミミナはそう言って頷《うなず》いてくれた。

ひとまず、狩りに行く前よりは随分と表情も柔らかくなったと思う。

俺の思い込みでなければいいんだが。

ホムンクルスたちはまだ手を休めず、作業をしている。もう暗くなっていたが、それでも光の魔法を使って作業をしようとしていたので、声を張りあげた。

「そんな急いで造る必要はないぞ！　もう、今日はここまでだ！」

そう言った瞬間、ホムンクルスたちはぎょっとしたようにこちらを見てきた。

な、なんだその反応は？

「い、いいんですか!?」

「ああ……事前に話していただろ？」

「で、でも……やっぱり、その信じられないというか……」

「朝まで休まず働いて……次の日もそのまますぐに仕事しなくてもいいの？」

「ほ、本当に休んでもいいの……？」

……どうやら、俺が以前言ったことは信じていなかったようだ。

「急いで造る必要はないからな。それじゃあ、今日は解散だ」

さらに続けてもう一度言うとホムンクルスたちはぱっと目を輝かせ、それから俺に一礼をして、クランハウスへと向かっていった。

「ルナ、そろそろ帰るか？」

「そうですね。アモン様、マリウス様……それでは」

「……そうだな、ルナよ。またな」

「ルナ、またじゃよー」

ひらひらと手を振ってマリウスとアモンは別々の方向へと歩き出した。

……今日のアモンはどこに泊まるんだろうな。うちのクランだろうか？　それとも俺の家か？

そんなことを考えながら、ルナとともに歩いていく。

「やっぱり、町の人たちは色々思うところがあるみたいだな」

「そうですね……」

「ただ、冒険者からはそれなりに受け入れられているし……全部が全部、悪いってこともなさそうだな」

「やはり、冒険者の方々は慣れていますよね」

「そうだな」

そもそも、彼らは旅をしているのでホムンクルスなんて当たり前の存在だ。

むしろ、いないほうが不便という人もいるだろう。

「……それでも、初めに比べて受け入れてくれる人も増えました。マスターのおかげですね」

「……いや、今回はルナが頑張っているからな」

ルナはホムンクルスについて、あちこちで話をしてくれているからな。

彼女の努力がなければ、ここまでホムンクルスは受け入れられていなかったかもしれない。

それほどまでに、ルナは今回の一件に対して、関わってくれている。

しかし、そんなルナの表情は冴えない。

「私、みんなを騙していますよね」

「……」

ルナの言葉に、俺は何も言えなかった。

町の人たちは人間だと思ってルナに接している。しかし、ルナもフェアたちと同じホムンクルスだ。

騙している、という感覚があるのは仕方ないだろう。

「俺も、同罪だ。俺が黙っているって決めたんだ。ルナは気にするな」

「……そんなことないです。私が話すのを恐れている、からです」

ルナはしゅんと落ち込んだ様子でいた。

……いつかは、明かす必要があることでもあるよな。

ホムンクルスたちがこの町に来た今が、その時なのかもしれない。

「ルナ……今回の一件が落ち着いたら……みんなに伝えてみないか？」

「え？」

「大丈夫だ。みんな、人とかホムンクルスじゃなくて……『ルナ』のことを評価してくれているんだ。だから、きっと大丈夫だ」

そりゃあ、不安だよな。

今までの様子を見ていれば、簡単に受け入れてもらえるかどうかわからないからな。

だが、ルナは軽く頷《うなず》いてこちらを見てきた。

「そうですよね。……皆にいつまでも黙っているわけにもいきませんからね。機会を見て、私も伝えようと思います」

「ああ……」

家に着いた。

ちょうどその時だった。翼の動く音がした。

視線を向けるとニンがベイバーンの足を掴《つか》んで、俺の家近くまで飛んできたところだった。

「どうしたの、暗い顔してるじゃない」

着地した彼女が俺のほうにやってきた。

「……いや、まあーその。まだまだホムンクルスが受け入れられてないって感じでな」

「そうなのね。けど、そのために公衆浴場を造っているんじゃない。それがダメでもまた次を造ればいいのよ。なんとかなるわよっ。なんならベイバーン貸すわよ？」

明るい調子でニンがベイバーンの肩を叩く。ベイバーンが元気よく翼を広げる。

「大丈夫だ、また今度な」

「……ババ」

期待するようにベイバーンがルナのほうを見る。

「私も大丈夫です」

ベイバーンが落ち込んだ様子で肩を落とした。

第十八話　アモンの迷宮管理

次の日。

迷宮の調整が終わったそうだ。

アモンに呼ばれた俺は迷宮へと足を運んでいた。

いつものように管理室へと移動し、早速迷宮の全体像を見させてもらった。

「どうじゃ？」

「凄いな……」

……十階層ごとに、造りが変化している。

正直言って、予想以上の成果だった。

魔物の配置などにも拘《こだわ》りがあるようで、隣にいたアモンが丁寧に説明してくれる。

「この階層はまあ比較的狩りやすくはしておるの。ここで鍛えてから、次の階層に進めるようにしたんじゃよ」

「……なるほどな」

さすが、有名な迷宮を一つ管理しているだけはあるな。

俺のポケットからルフェアが出てきて肩へと乗ってきた。今日はリリィとではなく、俺と一緒に行動している。

「これで、迷宮自体はかなり問題がなくなったと思うんじゃが……マリウスが中々興味深い話を聞いたんじゃよ」

「……聞いた？」

俺が首を傾《かし》げた時、マリウスが慌てた様子でやってきた。

「そうだっ。アモン、それはオレの口から話すと言っただろうっ。ルード、迷宮内にいた男たち……ああ、ちょうどいたな。もしかしたらまた話しているかもしれない、音声を拾おうか」

マリウスがアモンから操作画面を奪い取るように陣取った。

アモンはふわふわと空中に浮かんでいる。

……まったく、相変わらずだな。

マリウスが画面を操作すると、ある冒険者たちの姿が映し出された。

やがて、冒険者たちの声が聞こえてきた。

「そういえば、そろそろ公衆浴場が出来上がりそうだろ？」

「あ、ああ……！　楽しみだよな！」

おお、冒険者たちも楽しみにしてくれているのか。

提案したのは俺なので、実際にそう言ってもらえると安心する。

冒険者たちも、多少は清潔感を意識してもらえれば、と考えていたからな。

もしかしたら、マリウスはこれを聞かせたかったのかもしれないな。意外と優しいところもあるな……。

「へ、へへ。公衆浴場と言えば……覗《のぞ》き、だよな！」

「ああ、そうだな……っ。うまく、こう覗ける場所を探さないとな！」

「ああ。ニン様とかも利用するのかな？　胸はないけど、見てみたいな！」

ニンがこの場にいなくてよかった。

奴らがきっと灰になっていたからな……。

アモンとマリウスがけらけらと笑っている。実はこいつら、かなり仲いいだろ。

「俺は……やっぱり、リリア様とリリィかなぁ……あの二人の裸を見てみたい！」

まだ二人のほうが多少はニンよりもあるからな。

……いかん。こんなことを考えていたらあの二人にぶちのめされるかもしれないな。

というか、リリアだけ様づけ？　なぜ？

「俺はやっぱり、ルナちゃんだな！　あのまだ幼い体がたまらないんだ……」

こいつは騎士に通報だな。

……それにしても、やはりニン、リリア、リリィ、ルナは人気なんだな。

冒険者通りを一緒に巡回とかしていると、嫉妬の目で睨《にら》まれることが多くあったからな。

「そういえば、俺は最近クランに入ったあのアモンさんがいいなぁ。なんだか大人っぽくてさー」

「ほぉ、そいつは見る目があるのぉ」

嬉《うれ》しそうにアモンが扇子を開いている。

「……こいつは見る目がないな。冒険者としても大成しないだろうな」

女性の好みでそこまで言うかマリウス。

……まあ、本当に覗きをしないのならいくらでも話題にしてもらって結構だ。

妄想まで制限することはできないからな。

そんなことを考えている時、最後の冒険者が口を開いた。

「俺はマニシアちゃんかなあ……！　いっつも優しく、笑顔で挨拶してくれてさ。本当に可愛《かわい》いんだよなぁっ！」

ああ!?

「奴を殺しにいく！」

「おお、迷宮の守護者自ら行くか！　オレも協力しよう！」

「待て待ておぬしら！　わしがせっかく丹精込めて作った迷宮でそんなつまらんことをさせ

るかぁ！」

そうはいっても、あいつマニシアで変なこと考えようとしやがった！　これはもう殺すしかないだろう！

アモンとともに、魔物たちが必死になって止めてきた。

……く、くそっ！

俺は諦めてその場でごろんと転がり、地面を何度か殴って自分を落ち着けた。

「なぜわしがここで止めねばならぬのじゃ……っ。わしはむしろ、場をひっかきまわして楽しむほうなんじゃよ！」

アモンが肩で息をしていた。

あ、危なかった。理性を失いかけていた。

止めてもらって助かったな。

ちょっとだけ暴走してしまっていたようだ。

「それにしても、覗《のぞ》き、か。そんな輩《やから》もいるもんなんだな」

リリィもそんな話をしていたな。

俺の疑問に、アモンが口元を緩めた。

「そりゃあそうじゃろう。そこにはロマンがあるんじゃよ」

「……おまえもわかるのかアモン」

「当たり前じゃ。マリウスだってわかるじゃろう？」

「意見が合うのは気にくわないが、まあそんなところもあるな。覗き見るということが良いのではなく、その過程がいいんだ。スリリングな緊張感がな」

「そういうものなんだな……」

……まあ、わからないでもないが。

俺だって見たい気持ちはあるが、本気でやったら騎士のお世話になるからな。

そこはみんなにも自重してもらわないとだな。

「ところでルード。いつ風呂屋は開けるんじゃ？」

「明後日の予定だな。とりあえず、これまでに色々やってくれたホムンクルスや、ニンたちが最初に見本として入ってくる感じだな」

町の人たちへのアピールとして、だ。

俺も男湯のほうにだが、最初の日に入る予定だ。

あとは何名かの冒険者たち、マリウスも一緒に入る予定だったな。

「そうか。わしも入っていいのかえ？」

「いいが……体に魔王の証とかはないよな？」

ホムンクルスであることを隠しているため、ルナは一緒には入らない。

ニンたちには誘われていたが、申し訳なさそうに断っていた。

「大丈夫じゃよ。なんなら、体を見て確認してみたらどうじゃ？」

「い、いや……遠慮しておく」

「なんじゃ、つまらぬのぉ」

からかうように微笑《ほほえ》んだアモンがそれから扇子を開いた。

「楽しみじゃのぉ。じゃから、ニンの奴はわしの魔法教室に熱心に通っていたんじゃな」

「……なんだ、ニンも参加していたのか？」

「ああ。ニンにはある魔法の指導をしていたんじゃ。まあ、とりあえずルードの家にでも行って確認してみるかの」

「おまえ、夕食食べたいだけだろ」

「オレも少し気になるな、行ってみるかな」

「おまえも夕食食べたいだけだろ」

二人は来る気満々の様子だ。

共に迷宮を出て、家まで戻る。

マニシアの負担を増やしてしまうな……とか考えながら、家の扉を開ける。

「あっ、今日はアモンさんとマリウスさんも来たんですね」

天使が笑顔とともに出迎えてくれた。

「悪いな、マニシア。夕食大丈夫か？」

「ここ最近は誰かしらが来ていますから、いつも多めに作っているんですよ。それじゃあ、すぐに準備しますすね」

「ああ、頼んだ」

家で待っていると、ベイバーンとともにニンが現れた。

すっかりベイバーンでの移動が好きになったみたいだな。ただ、高く飛びすぎるのはダメなようだが。

「あれ、今日はかなりの大人数ね」

「ああ。ルードにあの魔法を見せてやったらどうじゃと思ってな」

「え⁉　あ、アモンまさか言ったの⁉」

ニンが驚いた様子でアモンの肩を掴《つか》み、がくがくと揺する。

「い、言ってないんじゃ。詳細、までは……っ！」

「そ、そうなのね……⁉　あ、あの魔法は秘密よ。少しずつ成長しているっていう感じにするために使うんだから！」

「わ、わかったんじゃよ……」

い、一体何の魔法だ？

ニンが顔を赤くしながら、マニシアの手伝いへと向かう。

俺のポケットから出たルフェアも、マニシアのほうに飛んでいく。

テーブルではライムが体をぺったりと押し付けている。

テーブルを拭いてくれているようで、手を伸ばすとこちらに液体をびよーんと伸ばしてハイタッチのようにしてくれた。

「アモン、何の魔法を教えたんだ？」

「そうじゃのう。変身魔法じゃな」

「変身魔法だと？　なんだその凄い魔法は。ニンはそれを習得したのか？」

「完璧ではないが、部分的な変身はできるようじゃな。わしくらいになると、完璧になれるがな」

「そうなのか？」

「ああそうじゃ。変身魔法の完成は、対象のすべてを真似ることじゃ。おぬしらで言えば、スキルなどもすべてコピーすることじゃな」

「……つまり、変身した相手の能力をそのまま使える、ということか？」

「そうじゃ。わしも、五分程度ならできるのぉ。まあ、敵に変身したところで体は別物じゃから、百の力を出せるとも限らないがのぉ」

……変身魔法、恐ろしいな。

そう言ってから、アモンが扇子で顔を隠した。

次に扇子を下げると、そこにはニンの顔があった。

予想外だったために、驚く。ニンの顔ではあるが、色々とニンとは違うのがなんとも変な感覚だ。

「おおっ？　凄いな」

「わしくらいになると声まで真似ることができるんじゃよ」

「ちょ、ちょっと何あたしに変身しているのよ！」

驚いた様子でニンがこちらへとやってきた。

二人が並んだところで、アモンは身長、衣服までもニンとまったく同じになってみせた。

……おお、これだと確かにどちらが本物かわからないな。

「どうじゃ、凄いじゃろ？」

「確かに、これは凄い」

ニンがアモンを上から下まで見る。

と、ニンがぽんと手を叩いた。

「そうね。今度あたしの代わりに教会で仕事してもらおうかしらね」

「それはお断りじゃ」

……まったく、ニンは。

もしかしたらニンは教会関係者から逃げるために、変身魔法を学んでいるのかもしれない。

アモンがくすくすと笑ってから、マニシアのほうに行く。

「どれマニシア、ちょっと試してみないか？」

「……な、なにをですか？」

「兄にどちらが本物か当ててもらうクイズじゃ」

そう言ってから、マニシアとアモンは隣の部屋へと行く。

それから少しして、二人が部屋から出てきた。

……まったく同じだな。マニシアのアホ毛まで、アモンはそっくりそのまま再現したようだ。

左右に並んだマニシアとアモンを俺は見比べて、感心していた。

「どうですか、兄さん」

「どちらが、本物かわかりますか？」

声までも同じ。二人は示し合わせていたような言葉を口にする。

「……これ、全然わかんないわね」

ニンがそう言って二人を見比べていた。

アモンが期待するようにこちらを見てきたので、俺は左のマニシアを指さした。

「左だ」

俺が即答すると、右のアモンが目を見開いた。

「な、なぜわかったんじゃ!?」

「マニシアの愛くるしさを見破れない奴がいるか」

兄なんだから妹の違いくらい余裕でわかるだろう。

そんな当たり前のこと、なぜ気づかないのだろうか。

「も、もう一回じゃ！」

マニシアの背中を押し、再びアモンが奥の部屋へと消える。

そして再び出てきた。

今度もさっきと同じじか。

「どうですか兄さん？」

「どちらが本物かわかりますか？」

「左」

「だからなぜわかるんじゃ!?」

いや、わかるだろ？　リリアとリリィにもやってみればいい。あの二人のどちらかに変化しても、きっと絶対わかるからな。

「こ、こうなったら今度はルードじゃ！　ええい、マニシア！　一時的にスキルを解除するんじゃ！」

「は、はいわかりました」

……スキルを解除？　何か使っていたのだろうか？

そんなことを考えながら、俺はアモンとともに部屋へと入る。

そうして、アモンは俺に変身してみせた。

「どうじゃ、完璧じゃろう？」

「俺の顔でその口調で話されると、不気味だな……」

鏡を見たら、鏡の中の自分が話しかけてきた……まさにそんな感覚だった。

「さっきみたいに似たようなセリフを言うぞ。ルードが先に、どっちが本物か、と言うんじゃ」

「ああ、わかった」

……マニシアが見破れるかどうか、うーん、まあ難しいのではないだろうか？

俺はマニシアへの強い愛があるので見破れたが、そう簡単ではないのはニンを見ていればわかる。

共に部屋を出る。マニシアが俺とアモンを見比べる。

「どっちが本物か」

「わかるか？」

俺の後に、アモンが続ける。

ニンはじーっと俺たちを見比べてから、俺のほうを指さしてきた。

「たぶん、こっちじゃない？」

「……うーん、そっちか？　オレはこっちだと思うぞ」

マリウスはアモンのほうを指さす。アモンが後ろで手を組んでいるが、小さくガッツポーズをしていた。

マニシアが俺とアモンを見比べ、俺を見た。

「正解はこっちです。兄さんはこっちです」

「だ、だからなぜわかるんじゃ⁉」

驚いたようにアモンが声をあげ、マニシアと俺は揃って胸を張る。

「兄妹だからな」

「兄妹ですから」

「……く、くそぉ！」

アモンが悔しそうに歯噛みして俺たちを見ていた。

……アモンの遊びも終わったところで、マニシアが料理の準備を再開する。

俺は席につきながら、悔しそうなアモンをちらと見る。

「それで結局ニンは変身魔法で何がしたいんだ？」

「ああ、そうじゃの、胸――」

アモンが答えようとした瞬間だった。ニンがこちらへとやってきた。

「アモンっ！　夕食のスープ、野菜入れまくるわよ！」

「そ、それはやめるんじゃ！　わしは何も知らぬぞ！」

アモンがきっと俺を睨《にら》みつけてきた。

それでいいのよ、とばかりにニンは息を吐いていた。

……一体何を企んでいるのだろうな？　悪さをしないのならそれでいいんだが。

○

俺は少し緊張しながら、出来上がった公衆浴場を眺めていた。

今日が公衆浴場開店日だ。

すでに店は開き、中ではホムンクルスたちが店員として仕事をしている。

……俺はちらりとマニシアたちのほうを見る。

ニン、リリア、リリィ、それにアモンまでもがそこにはいた。

皆、最初のお客として、この公衆浴場に来ていた。

……ルナは少し離れた場所で、大人たちと一緒にいる。

ルナは仕方ないからな。

問題は……俺のほうだな。

男性陣に視線を移す。マリウスを中心に、皆が俺を見てきた。

こちらにいるのはほとんどが冒険者だが、町人も何人かいた。

……さて、いつ入ろうか。

というか、入る前に何か言ったほうがいいのだろうか？

なんだか、みんなが注目しているような気がするが……。

このますっと店に入って、お風呂の感想を言うのではダメだろうか？

「……それじゃあ、今日から公衆浴場が始まった。まずは、最初の客として俺たちが入ってくるな」

町の人たちにそう宣言してから、店へと入っていく。

中に入ると、男と女の二つの風呂に分かれていた。

「そんじゃ、オレたちはこっちでー」

と、ふざけた調子で言った冒険者が女湯のほうへと向かう。

俺は彼らの首根っこを掴《つか》まえ、男湯へと連れていく。

中にある更衣室で服を脱いでから、俺たちは風呂へと向かった。

「おお……っ！　しっかりしているな！」

マリウスが広大な風呂場に目を輝かせていた。個室などはない。

備え付けられた魔石に手を当てると、適温のお湯が出てきた。

……おお、凄いな。

これは非常に便利だ。……さすが、ホムンクルスたちだな。こんなものもあっさり作ってしまうなんてな。

冒険者たちはここぞとばかりに体を洗っている。今日はタダだからな。明日からはここもきちんとお金を取ることになっている。

ここはクランで管理している店であり、俺の懐に金が入ってくる。そのいくらかを税金として納めれば、あとは自由に使えるということだ。

まあ、ホムンクルスたちの従業員代で割り振ればいいだろうと思う。別にお金が大量に必要ということもないしな。

俺も久しぶりにお湯を使って体を洗えている。

石鹸なども、用意されている。

……確か、石鹸などもホムンクルスたちが作っていたな。油などから案外簡単に作れるそうなのだ。

ホムンクルスたちの知恵の数々が、ここには使われている。

それから大きな浴槽へと行き、俺たちは風呂へと浸かる。

「あ、あつっ！　こんな熱いのか⁉」

「ブルンケルス国では熱い湯に浸かるのが基本らしいな……といっても、結構な熱だな」

俺たちはそれぞれ風呂に浸かる。この国の風呂を知らなければ別に驚くことはないが……他の風呂を知っているとさすがにちょっと恐ろしいな。

「な、なあルード！　女湯ってどっちだ!?」

「あっちだな」

俺が逆方向の壁を指さす。すると、男たちがそちらへ向かって耳を当てていた。

やがて、逆側から女性たちの可愛《かわい》らしい声が聞こえてくる。意外と壁をすり抜けて声がするんだな。

「おいルード！　逆じゃねぇか！」

「当たり前だろ！　おまえら何しようとしているんだ」

「か、壁に小さな穴を開けて見るんだよ！　そのくらい、いいだろ!?　ばれなければ！」

思いっきり俺に明かしているんだけどな。

「頼むよルード！　オレの一生の頼みなんだ！」

「ダメに決まってるだろ。マニシアがいるんだぞ!?」

「うるせぇ！　おまえだけずるいぞ！　オレだって、オレだってリリア様の裸が見たいんだよ！」

「まるで俺が見たことあるみたいに言うんじゃないっ。ダメに決まってるだろ、マニシアだっているんだ！」

「頼むよ！　リリィさんの胸が見たいんだ！」

「オレはニン様のだ！」

「オレはマニシ――ぶへ⁉」

こいつら……っ！　欲に忠実すぎる！

つい、マニシアの名前をあげようとした冒険者に拳を叩き込んでしまった。

俺は壁の前に立ち、彼らを睨《にら》みつける。

「いいか⁉　今おまえたちが言った子たちは、みんな似たようなサイズなんだから全員妄想で我慢しておけ！　これ以上騒ぐのなら、騎士を呼ぶぞ⁉」

「き、騎士を出すなんて卑怯だぞ！」

「うるさい。俺の目が黒いうちは、マニシアの裸を他人になんて見せるか！」

壁のほうに迫ってきた冒険者たちを、なぎ倒していく。

絶対、絶対俺はここを死守してみせるっ！

「お、男の敵めー！」

冒険者たちが嘆いているが、そんなことは知ったことではない。

それから少しして、冒険者たちはようやく落ち着いた。

続々と風呂からあがっていく人々を見ながら、俺も浴槽に浸かった。

「大変だったな、ルードよ」

「楽しそうにするんじゃない……、まったく」

「はは、いいじゃないか。こうやってたまには、馬鹿なことをするのもな」

マリウスが風呂に浸かりながら、目を閉じる。

「……そうだな。俺もそろそろ出る。マリウス、おぼれるなよ」

「わかっている」

マリウスがぐっと親指を立ててから、誰もいなくなった風呂で泳いでいた。

……ああ、こいつそれがしたかったんだな。

俺がいたら注意されると思っていたのだろう。仕方ないので、見なかったことにしてやる。

風呂から出ると、外にいたフェアに声をかけられた。

「どうだった？」

「ああ、最高だったな。こういう異国の風呂というのも悪くないかもな」

「そう？　こっちに合わせようかと思ったけど、大丈夫だった？」

「なんだかんだ、みんな楽しんでたよ」

「そ、そうなんだ。よかったぁ」

心底、ほっとした様子だった。

俺たちのほうに大人や子どもがやってきた。

「どうだったのルード？」

「何も問題なかったよ」

俺が子どもに言うと、子どもも風呂に入りたそうに親を見ていた。

……だが、親は不安そうに俺を見てきた。

「ほ、本当にか？　危ないものはなかったか？」

「はい。出てきた冒険者たちも喜んでいたでしょう？」

「……そ、そうだな」

なんだかんだ、冒険者たちには感謝だな。

と、こちらにサミミナがやってきた。

彼女は町人たちの前で一礼をしてから、公衆浴場へと手を向けた。

「いつでも、お待ちしていますから……その、来てくださいね」

サミミナの言葉に、町人たちも顔を見合わせてから、小さく頷《うなず》いてくれた。

……まさか、サミミナがそんなことを言うとは思っていなかった。

少し驚いていた俺がそちらを見ると、サミミナがちらと見てきた。

「……なんですか？」

「いや、ありがとな。歩み寄ってくれて」

「自分のために……それと、ルードには恩がありますから」

「それでも、だ」

これで、多少は町とホムンクルスの関係も変化しただろう。

……良かった、と思う。

フェアを見る。

「この後は普通に営業していくんだよな？」

「うん、そうだよ。ばっちり稼ぐからね」

「ああ、こっちもそれに見合った報酬は支払うからな」

「え？　もらえるの？」

「もちろん。まあ従業員だしな」

「……そっか。仕事してお金もらうのってなんだか変な感じだなぁ」

「そういえば、そうだよな」

……ホムンクルスは道具だからな。

彼女たちはその分意思がある。それゆえに、命令がなくても動くことができる。

だから、そこはきっちりと支払うべきだろう。

ただし、これまでの食費や宿代もあるからな。そこはある程度交渉するけどな。

そこでしばらく、公衆浴場を眺めていた。

ポケットに入れたルフェアと軽く遊びながら、生肉をおいしそうに食べているベイバーンの頭を撫でて時間を潰す。

女性陣は随分と長風呂だが、ようやく少しずつ出始めてきた。

女性の風呂は長いと聞いていたが、確かに男性の倍ほどの時間は入っていたな。

マリウスはまだ出てこない。……まだ泳いでいるのだろうか？

しかし、風呂から出てきた女性客たちはちらりと俺を見て、ささっと逃げていく。

な、なんだ？　俺が首を傾《かし》げていると、アモンが出てきた。

そして、俺の顔を見て両手を合わせた。

「……おい、なんだ今のは？」

「いやの、さすがわしが見込んだ男じゃなと思っての」

とんとん、と俺の肩を叩いてきた。

……はぁ？　何を言いたいんだろうか。

ただ、アモンは時々よくわからないことを言うからな。今回もいつものものなのではないだろうか。

そう思っていると……なんだ？

急に嫌な気配がしてきた。ちょうど、マニシア、ニン、リリア、リリィが出てきたところだった。

アモンがささっと俺から離れる。

四人は俺のほうにやってきて、にこりと微笑《ほほえ》んだ。

「あら、ルード。出てたのね」

まずはニンだ。笑顔が何やら怖い。

「……風呂の調子悪かったのか？」

「お風呂は最高だったわ。けど、なんだかあたしたち一括《くく》りで馬鹿にされた気がするのよね」

「一括り？」

「あっ、兄さん。お風呂は最高でしたね。お風呂は」

次にマニシアだ。

彼女のアホ毛が滅茶苦茶激しく動いている。お風呂上りで活きがいい……というわけではなさそうだ。

「ルード、この壁結構薄いから……」

リリアが言って、リリィがにこりと微笑んだ。

「だいたい、全部の話聞こえてましたからね？」

……なるほど。

「すまないな。あいつらが覗《のぞ》こうとしていたみたいでな」

俺はそう言いながら、ニンの一括り、という言葉の意味を理解し始めていた。

ささ、っと後退し始めるが、リリアがすぐに距離を詰めてくる。

「あー、うん全然別にそれはいいわ。止めてくれたことはありがとね」

「はい、止めてくれたことは」

「うん、止めてくれたことはね」

「止めてくれたことはですね」

やはり、この四人は……さっきのあれを怒っているんだ。

と、気持ちよさそうに、のんきな顔のマリウスが出てきた。

彼はタオルを頭に巻いて、滅茶苦茶リラックスした顔をしている。

「おお、ルード、まだいたのか？　それに、妄想が楽な四人組ではないか！　はっはっはっ、どうしたどうした？」

「……」

ニンがマリウスを一睨《にら》みする。マリウス、余計なことを言うんじゃない！

俺はその一瞬の隙をついて走り出した。

「リリィ」

「はい、お姉ちゃん」

二人は融合して、俺へと全力で走り出してきた。

なんで、風呂入ったあとに汗をかかないといけないんだ！

第十九話　変化

公衆浴場ができてから、数日が経過した。

町の様子は随分と変化した。

特に臭いの面で、中々にきついものがあった冒険者たちが公衆浴場を利用するようになり、衛生面がかなり改善された。

冒険者通りを歩いていた俺は改めてそれを痛感させられていた。

冒険者たちの様子を見ていると、町の人たちがちょうど向かいからやってきた。

彼らはこちらに気づくと、笑顔とともに近づいてきた。

「ルード、何してるんだ？」

「少し町を見て回っていたのと、あることがあってな。それでそっちは？」

「ああ、いやオレたちは果樹園を見てきたところなんだ。それよりルード、公衆浴場造ってくれて助かったよ！」

「そうか？」

「冒険者たちは綺麗になるし、オレたちもたまにゆっくりお湯に浸かれるしな！　楽しみが増えたよ！」

嬉《うれ》しそうにそう言ってきた町の人に苦笑する。

……ホムンクルスたちが造ったということでそれを嫌がる人はほとんどいなくなった。むしろ、多くの人がホムンクルスに対して感謝を抱くようになっていた。

「それなら、ホムンクルスたちに伝えると良い。喜ぶだろうさ」

「そうだなあ……け、けど……あの子たち凄い人間らしくてさ……その、正面から伝えるのってなんだか恥ずかしくてさ」

確かに、普通のホムンクルスとは違い、表情が豊かだ。

彼の照れ臭そうな様子に、少し頬が緩む。

ホムンクルスのことを大事にしてくれているんだな。

「それでも、伝えてやってほしい。俺を通してだと、みんなも本当の言葉かどうかわからないからな」

「あ、ああわかった」

そう言って彼は去っていき、俺は再び町を歩いていく。

と、向かいからやってきたのはサミミナだ。

彼女はゴミ拾いをしていた。こちらに気づくと、軽い会釈のあと近づいてきた。

……今、ホムンクルスたちには清掃もお願いしている。

公衆浴場と清掃……この二つによって、町の衛生状況は劇的に変化した。

「手伝うぞ」

この清掃を手伝うために、俺は来ていた。

まあ、どちらかというとサミミナの様子を確認にきた部分のほうが大きい。

「別に、私一人で大丈夫ですよ」

「まあ俺は巡回のついでだ。それに、俺が積極的にやらないと周りもやってくれないだろ」

特に問題がある冒険者たちに、ゴミの処理について考えてもらえるようにしないといけない。

奴らはわりと平気でポイ捨てするからな……。

サミミナは小さく口元を緩めてから、ゴミ拾いを再開した。

「……それにしても、この提案をしてくれたのがサミミナからだったなんて思わなかったな」

清掃に関しては、フェアから突然提案されたのだ。

色々聞いてみたら、そもそもサミミナがそう言ってくれたのだそうだ。

「いけませんか？」

「いや、助かった。次は何を造るべきかしか考えていなかったからな」

ホムンクルスたちは様々な知識を持っている。

だから、彼らの知識を活かしたかったが……正直言って、人手がない。

宿などを造っても、それを管理できるだけの人がいないからな。

「物造りだけが町に貢献できるとは限りません。……といっても、これはあなたを見ていて思ったにすぎませんよ」

「俺……？」

「森のゴミ掃除をしていたじゃないですか」

「えっと……魔物狩りのことか？」

「似たようなものですよね」

いや、結構違うと思うんだが。

サミミナのドヤ顔に首を傾《かし》げていると、子どもがこちらへとやってきた。

「あっ、ルード兄ちゃん！　ゴミあったよ！」

「おお、ありがとな」

「はい。お姉ちゃん、どうぞ」

子ども二人がやってきて、俺たちが持っていた袋にゴミを入れてくれた。

「ありがとうございます」

サミミナは多少自然になってきた笑顔とともに、子どもが去っていく後ろ姿を見てい

た。

「笑えるようになってきたんだな」

「……ひ、人の顔を見ないでくれますか？」

指摘すると、彼女は少しいらだったようにこちらを見てきた。

「いや、その。別に馬鹿にしたかったとかじゃなくてだな……悪かったよ」

……サミミナも随分と町や人に慣れてきてくれたようだ。

本当に良かった。

それから、公衆浴場近くに向かう。

多くの人が夕方あたりに来るため、昼の今は人は少ない。だから、ホムンクルスも男女の二人だけが店番をしている。

その他の人が、日中は清掃活動を行い、忙しい時間に公衆浴場へと戻ってくることになっていた。

問題はなさそうだな。

「サミミナさん、こんにちは」

「こんにちは」

サミミナと歩いていると、そんな風に声をかけられる。

……町の人たちだ。

声をかけられるようになったのは、サミミナだけではない。

ホムンクルスたちが、町を歩いていて声をかけられることも増えてきたそうだ。

もう俺が気にかけるほどの問題もないだろう。

そんな時だった。

「る、ルード！　大変だ！」

慌てた様子でやってきたのは、一人の冒険者だった。

俺の前までやってきた彼が顔をあげる。

顔は青白い。一体どうしたのだろう？

「尋常じゃない数の魔物たちが森の近くにいたんだよ！　ど、どうしたらいい!?」

「なんだと？　このことを知っているのは？」

「途中、騎士には伝えた！　あとオレの仲間が、ギルドにも行っている！」

「わかった。報告感謝する。すぐに町にいる冒険者を集めてくれないか？　俺はギルドに向かう」

「わ、わかった！」

……まさか、大勢の魔物だと？

「サミミナ、すまない。ゴミを任せていいか？」

「わかりました。私も仲間に声をかけてから、ギルドに向かいます」

「わかった。頼む」

……一体何が起きているのだろうか。

何も起きなければいいが……そう思いながら、俺はギルドへと向かった。

○

ギルドに着いた俺は、すぐにリリア、リリィとともに奥の部屋へと向かった。

部屋には、代官の姿もあった。

軽装であるところを見るに、町の外に魔物が出たと聞いていますが……どうしたのでしょうか？」

「代官様、町の外に魔物が出たと聞いていますが……どうしたのでしょうか？」

「ルードか……話はどの程度聞いている？」

「簡単に、程度です。魔物たちがこちらに向かっている、と」

「ああ、そうだ。ただ、この魔物たちが厄介でな。それほど強い魔物がいるわけではないのだが……」

強い魔物ではないのに厄介？　俺が首を傾《かし》げていると、代官が息を吐いた。

「奴らは、まるで軍隊のようにこちらへ迫っているんだ。皆、仲間割れなどせず、な。その数は推定では三百を超えるほどの魔物が、だ」

なるほど……。

それは普通に考えればおかしなことだ。

魔物同士というのは、もちろん仲の良いものもいるが……それだけの数の魔物が一切仲間割れせずに動くのはおかしい。

「魔物はアバンシアを目指しているのですか？」

「どうだろうな。この先を目指している可能性もあるが……どちらにせよ、このままではアバンシアにぶつかるだろう。領主様に使いは出したが……騎士が間に合うとは到底思えないな」

「わかりました。騎士の数は全部で何名ですか？」

「……二十名だな」

……自警団は十名だ。合わせて三十名。

うちのクランのメンバーやホムンクルスたちに協力をしてもらっても、四十名に届けばいいというところか。

と、部屋がノックされる。入ってきたのは、ニンだった。

「失礼します。教会から出せる戦力は十名ほどになります」

教会騎士たちか。

……これでは魔物に対して、少し厳しい戦いになるかもしれない。

「そうか……。すべて合わせて、五十名ほどが限界か」

「冒険者に依頼を出すのは可能なんですか？」

「そう、だな。可能ではある。だが、どれだけの冒険者が応じてくれるかはわからない。彼らだって、無謀な戦いに参加したい者はいないだろう。……下手をすれば、すでに町から退避しようとしている人もいるかもしれない」

……それもそうだ。

この場での冒険者というのは傭兵に近い。無理とわかれば早々に逃げ出すことになるだろう。命あっての、冒険者なんだからな。

「報酬はいくら程度用意しますか？」

「そうだな……一人三万程度だろうか……」

それだけあれば、十分だろうな。

「わかりました。冒険者たちは、俺からも説得してみます。リリア、町にいる冒険者はどのくらいになるんだ？」

「百に近いくらい？」

「そうか……」

それがすべて引き受けてくれれば、百五十、か。

魔物次第ではあるが、なんとかなるだろうか？

絶望的な状況ではあるが、決して無理ということもないだろう。

代官を見る。

「迎え撃ちましょう。こちらには、一人で数十の活躍ができる冒険者もいます。何とかしてみせます」

俺がはっきりと伝えると、代官はこくりと頷《うなず》いた。

「ああ、わかった。魔物が到着する前に、少しでも防壁を強固にするんだ！　急げ！」

代官が指示を飛ばし、俺もすぐにギルドへと向かう。

「ルード、冒険者が集まってる。どうするつもり？」

隣に並んだリリアがそう問いかけてきた。

「まあ、情に訴えかけるしかないだろうな……」

「うん。まあ、ルードは冒険者たちからも信頼されている。なんとかなるかも」

「そう、だったらいいんだがな」

領主邸からギルドへと移動すると、確かにかなりの数の冒険者がいた。

町にいる冒険者、ほぼすべてではないだろうか。

そんなことを思いながら、俺は不安そうな冒険者たちを見た。

「みんな、聞いてくれ！」

声を張りあげる。

ざわついていた空間が一斉に静まり返った。

「冒険者たちに緊急依頼を出したい」

俺はそう言ってから、彼らをじっくりと見まわす。

注目が集まったところで続ける。

「知っていると思うがこの町に魔物が近づいている。数は百五十ほどになるだろう」

百を超えればどうせ正確な数なんてわからないだろう。

そしてどうやら、俺の言葉を疑問に思う人はいないようだ。

あまり嘘はつきたくないが、今は仕方ない。

「そして、こちらの戦力もほぼ同等だ！　魔物の群れといっても、ここにいる皆が一人一体ずつ倒してくれればそれでこちらの勝利だ！」

今の状況を正確に伝える必要はない。

彼らには希望だけを与える。もちろん、この言葉で嘘をついたつもりはない。

「何より、ここにいる俺がどんな迷宮を攻略したか、皆も知っているだろう？」

別に自慢したいわけじゃない。だが、俺やマリウスたちを皆が思い出し、それが勇気に繋がるのなら、いくらでも叫ぶ。

「俺たちはケイルド迷宮を攻略した！　あの二大クランでも到達できなかったあの迷宮をだ！　この戦いに参加できる冒険者たちは運が良い！　魔物を一体殺すだけで、安全に報酬を得られるんだからな！」

　笑うように冒険者たちへと叫ぶ。

　皆の表情を見てから、俺は小さく息を吐いた。

「……緊急依頼、受けてくれる者たちは受付に来てくれ。報酬は一人三万だ！」

　そう伝えてすぐだった。

「ははっ、確かにそうだな！　この依頼を達成するだけで、三万だろ⁉」

「そうだよな！　なんたって、こっちにはあのルードがいるんだしな！」

「マリウスやニン様、それにルナちゃんだって強いって聞いたぜ？」

「リリア、リリィの双子も戦いに参加するんだろ？　そりゃあ、もう敵なしじゃねぇか！」

「よっしゃ！　楽に金稼いでやるぜ！」

　どうやら、大丈夫なようだな。ほとんどすべての冒険者が、この依頼を受けてくれるようだ。俺はほっと胸を撫でおろす。

　リリアがとんと、俺の肩を叩いた。

「良かったねルード」

「……そうだな」

「良い説得だった。確かに、ルードが頑張れば一人の戦闘なんて大したものじゃない」

「……いや、リリアも頼む。俺一人だけじゃさすがにな」

「もちろん、わかってる。力を貸すよ」

リリアがわずかに微笑《ほほえ》んでから、俺の背中を押した。

「クランに戻って装備整えてくるんでしょ？　こっちはやっとく」

「ああ、助かった。ありがとな」

俺はリリアにその場を任せ、クランへと向かう。

クランについた俺はすぐに、大盾と剣を身に着けていく。

「兄さん、気を付けてくださいね」

マニシアがこちらにやってきて、剣を手渡してくれる。

「ああ、大丈夫だ。すぐに倒して戻ってくるからな」

「はい……」

俺はそれから、鞘に入った刀を肩に乗せるようにして座っていたマリウスを見る。

「マリウスも、力を貸してくれるんだろ？」

「……」

「マリウス？」

彼の表情はどこか険しい。

考えるようにこちらを見ていたマリウスから俺はアモンに視線を向ける。

……彼女はさらに表情が悪かった。

むしろ、体調までも悪そうに見えるのだが――。

「どうしたんだ、二人とも」

「……嫌な気配だ」

マリウスが呟《つぶや》くように言った。

「どういうことだ？」

「……迷宮が新しくできたようじゃな。それもかなり強い力を持っておる」

アモンの言葉に、俺は思わず顔を向ける。

「迷宮が新しく、だと？　それが魔物の群れにも関係しているのか？」

「かものぉ。恐らくじゃが、迷宮の魔物を分身させ、外に送り出しておるんじゃろう」

「そんなことができるのか？」

「ああ、できるんじゃよ。じゃから、魔物はもっとたくさん増えるかもしれぬの。少し警戒していたほうがいいかもしれぬよ」

また新しい迷宮だと――？

迷宮ができることは別に悪い話ではない。ただ、こうも迷宮がありすぎても、な。

「アモン、戦えるのか？」

「……まあ、そこらの冒険者よりは動けるんじゃよ。接近戦までこなすのは難しいから、魔法に専念させてもらうがの」

「……そうか。それでも助かる」

俺が準備を整えていると、二階からホムンクルスとともにルナが下りてきた。

ホムンクルスたちも……全員が武装していた。

その先頭には、フェアとサミミナがいた。

「ボクたちも戦うよ」

「……どのくらい、戦えるんだ？」

「あくまで戦闘型ホムンクルスよりは弱いってだけで、ボクたちだって魔法はかなり使えるんだよ？」

「そうか。それなら協力してほしい」

そう俺が言うと、サミミナがこくりと頷《うなず》いた。

「もちろんです。あなたのために、あなたの剣となって必ずこの町を守りぬきましょう」

サミミナ……。

彼女は真剣なまなざしだ。

フェアがちらと後ろを見ると、ホムンクルスたちも首を縦に振った。

「おう！　オレたちはルードさんに助けられたんだ！　ルードさんの頼みなら、何だって聞くぜ！」

「私もです！　ルードさんのおかげで、今の私たちは生活できているんです！　あなたのために戦います！」

ホムンクルスたちは口を揃えてそう言ってくれた。

……そう思ってくれていたのか。

「ありがとう……それじゃあ、行こうか」

俺は全員を引き連れ、それからクランハウスを出た。

クランハウスを出たところで、俺のほうにルフェアがやってきた。

「ああ良かった。探していたんだ」

リリィのところにいたのだろう。ルフェアがちょこんと俺の肩に乗ってきた。

その頭を軽く撫でてから、ルフェアに声をかけた。

「頼みたいことがあるんだ。今すぐに迷宮に向かってくれないか？」

「……」

ルフェアは首を傾《かし》げている。俺は、そんなルフェアにいくつかの用事を伝え、彼女を見送った。

○

町の外では、騎士たちが防壁を造っていた。

ホムンクルスたちもそれに混ざり、土の壁を作りあげていく。

俺がその様子を見ている時だった。

「魔物が見えたぞー！」

その声は櫓《やぐら》に見立てて作られた土盛りに乗っていた騎士からあがったものだった。

騎士の言葉に合わせ、すぐに別の騎士が剣を振り上げた。

この町の騎士隊長を務める者だ。

「全員、武器をとれ！　魔物が近づき次第、合図に従って遠距離の魔法、スキルを放て！」

騎士隊長の言葉に合わせ、冒険者含めたすべての者が攻撃の準備を開始する。

……見えてきた。

魔物たちは――下手したら三百を超えるかもしれないほどに多かった。明らかに数の差があった。それを感じた冒険者たちの表情に不安が混じっているように見えた。

「怯《ひる》むな！　魔法とスキルで半分以上は落ちる。見ろ！　先頭にいる魔物どもはただのゴブリンだ。臆《おく》する必要はない！」

俺は冒険者たちの隊長という立場だ。

声を張りあげると、冒険者たちも多少は落ち着いた。

――そして、騎士隊長が剣を振り下ろした。

「放て！」

空に弓矢が飛び、魔法やスキルが降り注ぐ。

前方にいた魔物たちを打ち抜き、さらにその後ろにいた魔物たちも同様に攻め落とす。

……それでも魔物たちに焦りはない。

まるで、心などないかのように魔物たちは、こちらへと近づいてくる。

ある距離まで近づいた瞬間だった。魔物たちもこちらへと向かって魔法を放ってきた。

「全員、防壁の後ろに隠れろ！　防衛魔法を使える者は、すぐに展開しろ！」

そう騎士隊長が叫ぶと同時、スキルが地面へと落ちた。

防壁を破壊し、その裏にいた者が吹き飛ぶ。

「や、やべぇぞ！　あ、あいつらやっぱり普通の魔物じゃねぇ！」

冒険者たちの間に不安が漏れた瞬間――。

俺はマリウスとリリアを一瞥《いちべつ》する。

「準備はできてるか？」

「おう、いつでもいけるぞ！」

「こっちも、任せてください」

リリアはすでにリリィと融合しているようだ。

両目の瞳の色が変わっている。

そんな彼女たちの声を背に、俺は前へと走り出した。

先頭へと踊り出た俺は、同時に『挑発』を発動する。

魔物の軍勢すべての注目を俺へと集めるように。

魔物の軍勢は——狙い通り、そのすべてが俺を標的にした。

襲い掛かってくる魔法を大盾で受けながら、魔力で肉体を強化していく。

「うぉぉぉ!!」

先頭にいたゴブリンたちを押しのけ、魔物の軍勢をかき分けるように突撃する。

大盾で殴り飛ばしながら押し進んだ俺は、それから周囲を見る。

魔物たちが、俺を睨《にら》み、怒りを露わにしていた。

『挑発』の効果だ。さらに煽《あお》るように、『挑発』を使うと——魔物たちが飛びかかってきた。周囲にいた魔物たちが一斉に動くが……俺という的は決して大きくはない。

周囲すべての状況を魔力で把握し、自分の死角である背中側までもを視《み》る。

飛びかかってきた魔物に合わせ、大盾をぶつけ、剣を振りぬき、魔物によっては蹴り飛ばす。じれったく思ったのか、オークが斧を振り回す。その一撃を体を寝かせるように沈めてかわすと、周囲の魔物たちが斬り飛ばされた。

魔物の悲鳴があちこちから漏れていく。

魔物の死体は残らない。すべて、迷宮から出てきた魔物で間違いない。

そして――変化が訪れた。

人間たちの声が届くようになった。

俺の周囲にいた魔物たちは、一体、また一体と数を減らしていく。

「ルードに続け！」

「うぉぉ！」

リリアリィやマリウスはもちろん。

冒険者、騎士、自警団の皆が魔物を倒していく。……攻撃に転じる瞬間だ。俺が剣を振りぬき、大盾で魔物を殴り飛ばす。

その戦いは――あっさりと終結した。

死体は一つも残らず、すべての魔物が迷宮から現れたものであるのは明白だった。

「か、勝てた……」

一人の冒険者がそう声を漏らし、地面に寝そべった。

「勝てたどころか、ほぼこっちは無傷だぞ」

「さ、最初にルードが突っ込んで魔物すべてを引き付けたからだろ……」

「そのルードは今もぴんぴんしているんだもんな」

「本当に凄すぎだぞあいつ……」

驚いたようにこちらを見てくる冒険者や騎士たち。

……そんな化け物でも見るような目を向けないでくれ。

俺だって多少は外皮を削られている。おおよそ５０００ほどだ。

駆け寄ってきたニンに治療してもらっていると、騎士隊長がこちらへと来た。

「ルード、本当に助かった」

「いえ、作戦がうまくいってよかったです」

「あ、ああ……それにしても、ルード。よくあれほどの魔物相手に立ち回れたな……騎士団長にも並ぶほどの、いやそれ以上の実力者かもしれないな……」

「そんなことはありませんよ……」

剣の達人といわれている騎士団長に勝るとはさすがに思っていない。

俺が苦笑していた時だった。騎士の声があがった。

「ま、魔物だ！　魔物がさらに来たぞ!!」

俺は慌てて立ち上がり、叫んだ騎士が指さす方向を見た。

……まさか。

先ほどよりは確実に数は減っている。しかし、それでもまた百に近い魔物たちがこちらへと迫っていた。

「ぜ、全員すぐに戦闘準備を整えろ！　魔法、スキルが打てるものは急いで準備しろ！」

騎士隊長がそう言うと、皆が慌てた様子で準備を始める。

……俺も多少は疲れていたが、まだ動ける。

立ち上がった俺は大盾と剣を持ち直した。

「全員、慌てるな！　一撃だけ集中して叩き込め！　それで数を減らしたあとは、また俺が突っ込む!!」

そう言って全員を見ると、皆の表情が引き締まった。

速やかに魔法が準備され、騎士隊長の合図に合わせ、空へと放たれた。

前にいた魔物たちが倒れていく。だが、攻撃を耐えきった魔物も多い。

「こ、今度はオークに、オーガまでいるじゃねぇか！」

「も、もうダメだぁ……お、おわりだ……」

冒険者たちが絶望したような声をあげる。

……さっきよりも魔物の軍勢にいるのは強そうな奴らが多いな。

こちらが敵の主力といったところだろうか。

その時だった。声が響いた。

「ま、魔物がさらに来たぞ！　ふぃ、フィルドザウルス、カメレオンコング――！　それにその他魔物がたくさん来ました！　アバンシア迷宮の魔物たちです！」

「あ、アバンシア迷宮の魔物だと!?　な、なぜこんな時に!?」

……ようやく、来たか。

俺は小さく息を吐き、それから声を張りあげた。

「そっちの魔物たちなら大丈夫だ!!」

「……え!?」

驚いたように冒険者たちがこちらを見る。

「俺が以前あの迷宮を攻略したことは知っているだろう!? あの迷宮はすでに俺が支配した! あの迷宮にいるすべての魔物は俺の管理下に置かれている!! 奴らは味方だ!」

俺の言葉に合わせるように、フィルドザウルスがオーガへとかぶりついた。

オーガも抵抗するように拳を振りぬく。

……向こうが迷宮の戦力を複製して挑ませるのなら、こちらも同じように戦力を用意するだけだ。

向こうの迷宮でできるのだから、俺の迷宮でできないということはない。そもそも、アバンシア迷宮を発見したのも、カメレオンコングとの出会いがきっかけだからな。

魔物同士で戦いを始めた様子を、皆呆然と眺めていた。

「俺が突っ込む! 全員、さっきと同じように援護してくれ!」

俺はそれだけを残し、先ほど同様に魔物の群れへと突っ込んでいく。

『挑発』を発動する。この場にいる敵の魔物たちすべてを飲み込み、俺を標的にさせる。

オーガの一撃を大盾で防ぎ、剣を振りぬく。

魔力を全身に流し、さらに動きを加速させる。

俺の魔物たちが敵を仕留めていく。さらに、冒険者たちも攻撃を加えていく。

……まあ、仮にカメレオンコングたちを倒したところですべて迷宮で生み出した分身だ。本物には何の問題もない。

人間と魔物の軍によって、敵の魔物たちを瞬く間に殲滅《せんめつ》した。

……戦いが終わったところでアバンシア迷宮の魔物たちがぴたりと動きを止めた。

「お、おい……ルード。さっき迷宮が管理下に置かれているって言っていたな？」

騎士隊長が困惑した様子でこちらを見てきた。

「はい、そうですね。だから、この魔物たちは大丈夫です」

「……え、ええ」

俺は先頭にいたフィルドザウルスを撫でる。

フィルドザウルスが甘えた様子で鳴くと、騎士隊長が驚いたような声をあげる。

それは他の冒険者たちもそうだ。

「る、ルードの奴、魔物まで手懐けていたのか……？」

「も、もうわけわからんくらい凄いな……」

……とりあえず、皆困惑しているようで深くは突っ込まれないですんだな。

だが、まだ戦いは終わっていない。

「騎士隊長、次の行動に移りましょう」

「……次の行動、か。そうだな」

こくり、と騎士隊長が俺を見て頷《うなず》いた。

外に設営された作戦室――テントで作られたそこへと向かう。

そこにいた代官とともに、俺たち三人は話し合う。

「ルード、見事すぎる戦いだったな……」

まずは代官がそう言ってきた。

少し引いているようにも見える。……俺はいたって普通に戦ったんだがな。

いつものように、俺が魔物を引きつけその間に皆が倒す。多少数が増えたとはいえ、やることは変わらない。

「ありがとうございます。ですが、まだ次があります」

「つ、次!?　さらにおかしな戦いをするのか!?」

騎士隊長が声を荒らげる。

……おかしなとは、タンクの役割を否定されているような気がした。

「先ほどの戦闘で、近くに新しい迷宮ができてしまっているのがわかりました」

「迷宮だと!?　そ、そういえばそうだったな。死体が一切残らなかったからな……」

騎士隊長の言葉に、代官も頷く。

「まさか、ルード……その迷宮の攻略に向かうつもりか？」

「そう、ですね。ただ、攻略にどれほど時間がかかるかわかりません。そこで戦っている間に、新しい魔物が出現し迷宮の外に出てくる可能性もあります」

「そうだな。さっきの戦いはルードがいたから勝てたようなものだ。それに、ルードがいないとなれば、冒険者たちもついてこないかもしれないな」

代官が言ったようにそこが、一番の問題だった。

だが、その問題は先ほどの戦いである程度改善しているとも思っている。

「俺が使用したアバンシア迷宮の魔物たちは、我々の言うことをきちんと聞いてくれます。ですから、魔物たちを使えば、ある程度は戦力の補強になるはずです」

「すまないルード。そのことなんだが、簡単にでいい。事情を教えてもらえないか？」

「それは――」

俺はどこまでを伝えようか迷い、ある程度絞って話をすることにした。

「俺が初めてアバンシア迷宮に挑んだ際、迷宮の守護者を倒しました。その者に、あの迷宮を託されました」

マリウスの名前まであげるつもりはない。

……彼は人間らしく生きているのだ。無理に魔族だなんだと引っ張り上げ、彼を追い込むような真似はしたくなかった。

「……なるほど、な。それから、あの迷宮はルードが管理しているのか？」

「ええ、まあ」

「だから、か」

代官が口元を緩めた。

「どういうことですか？」

「あの迷宮に挑んだ者の中に、稀に危険な状況まで追い込まれる冒険者がいたそうだ。だが、突然魔物が逃げ出す……ということも何度か報告を受けているんだ」

「……」

そんなことがあったんだな。

「おまえが管理しているから、冒険者たちはこれまで死なずに安全に狩りができたのかもしれないな」

「……そうですね」

そこまでの指示を出したことはない。

つまり、魔物たちが自主的に考えてそのような対応をとったというわけだ。

「わかった。魔物たちの指揮は誰がとる？」

「アモンに任せます」

「確か、新しくルードのクランに入った女性だな？」

「はい。彼女は元々魔物との関わりが多い人で、俺の事情も理解しています。だから、問題ないと思います」

「……なるほどな。わかった、そちらは任せよう。できれば冒険者たちに指示を出せる人間も一人欲しいのだが……」

冒険者、か。

そちらはどうしようか。俺の代わりに冒険者に強く言えるとすれば、マリウス、リリア、ニンくらいだろうか。

どれも欠けたら大変な戦力だ。

……まず、誰で迷宮に挑むか。そこから考えようか。

まずはもちろん俺だ。……そして、ニンもできれば連れていきたい。

彼女がいないと、俺の外皮が削り切られる可能性もある。

残っている戦力は、ルナ、リリア、リリィ、マリウス、サミミナ……この五人か。

リリアを連れていくのなら、リリィも一緒に連れていきたい。リリアリィの力は強大だからな。

……だが、そうなるとマリウスには冒険者たちへの指示出しとして残ってもらう必要がある。

マリウスの代わりにサミミナに協力してもらう、か。

マリウスも多少なりとも、他の迷宮の存在から影響を受けてしまうだろう。

六人……決まりだな。

「マリウスを残します。残りのメンバーで、迷宮攻略に向かおうと思います」

「マリウスか……。確かに彼なら、冒険者たちとも親しいからな。それに、クランのサブリーダーで、力もある。……ああ、信頼できるな！」

騎士隊長が嬉《うれ》しそうに声をあげる。

マリウスがべた褒めされるとついつい頬がひくついてしまう。

信頼してもらっているが、マリウスも魔族だからな……。

「それじゃあ、全員に伝えてきます」

「ああ、頼んだ！」

俺は作戦室を離れ、すぐにニンたちを探しに向かった。

ちょうど探していた全員が、一か所に集まっていた。

ホムンクルスたちも近くにいて、こちらに気づいた何人かが微笑《ほほえ》んできた。

「ルードさん、凄かったですね！」

「ま、まさかあんなに強いなんて思ってもいませんでした……っ！」

「いや、みんなも魔物を倒してくれたじゃないか。あれがなかったら耐え切れなかったたかもしれない……ありがとな」

ホムンクルスたちに感謝を伝えつつ、俺はニンのほうに向かった。

彼女は持っていた杖《つえ》を腰に差して立ちあがる。

「これから、迷宮攻略ね？」

「ああ、そうだ」

さすがに話が早いな。俺が言うと、マリウスもウキウキで立ちあがった。

「よーしっ！　オレも頑張るぞ！」

「マリウス。……悪いが今回はここに残ってほしい」

「なに⁉」

驚愕といった様子でマリウスが目を見開いた。

「オレにここで残って何をしろというんだ⁉」

「冒険者たちの指揮をとってほしい。おまえじゃなきゃダメだ」

「嫌だ！　オレも戦いたい！」

「戦いがあるんだ！　敵の迷宮の守護者は計画的に魔物を用意し、送り込んできている！

俺たちが迷宮に攻め込んだ後にも、必ず敵が襲ってくる！　その時……この危険な戦場を任せられるのはおまえしかいないんだ」

マリウスの肩を掴《つか》み、見つめる。

マリウスはしばらく俺を見た後、小さく息を吐いた。

俺の手首を掴《つか》んで、それからふっと笑った。

「そうか。ならば、仕方ない。今回だけだからな」

「マリウス……」

「こっちは安心しろ。何が来ようともオレがすべてをぶっ倒してやるさっ！　おまえはさっさと迷宮の守護者でも倒して、オレの前まで連れてこい。そこでオレも個人戦と行こうじゃないか！」

「……ああ、わかった。約束する」

引き受けてくれたマリウスに、俺は頷《うなず》いた。

マリウスはそのまま片手をひらひらと振ってから、冒険者たちが集まるほうへと歩いていった。さて、これで問題の一つは解決した。

「ニン、リリア、リリィ、ルナ、それとサミミナ。五人は俺と一緒に迷宮に行ってほしい」

全員が頷いた。これで、メンバーは揃ったな。

俺は地面にべたーっと横になっているアモンを見た。

そこまで、苦しいのだろうか？　マリウスも確かにいつもよりは動きが悪いが、それでもここまでじゃない。

「アモンは魔物たちの指揮をとってほしい。……動けるか？」

「平気じゃよ……ま、戦力として期待されるのはちと困るがの。それよりも――」

彼女は横になったまま、よろよろと扇子を取り出して口元を隠した。

「……近くにできた迷宮。恐らくじゃが、アレはグリードのものじゃ」

「なんだと……？」

彼女の言葉に、ぴくりとサミミナのこめかみが動いた。

……アモンは小声で言ってくれたが、この場にいた人には聞かれてしまったな。

「近くに奴の魔力を感じ取れる。気を付けるんじゃな……奴はかなり強いからの」

「わかってる。ありがとな、教えてくれて」

「いいんじゃよ。ところで、グリードを倒したとして……その時はどうするつもりじゃ？

まさか、わしのように仲間に誘うつもりかの？」

「仲間、には……どうだろうな。俺も多少の怒りはあるし、ホムンクルスたちも嫌がるんじゃないか？」

「そうじゃの。それじゃあ、どうするんじゃ？　……殺すのかえ？」

「……いや。グリードしか知らない情報もある。特にブルンケルス国に関してはな。できれば、生け捕りにしたい」

「そうかえ、そうかえ。それなら、これを使うといいんじゃよ？」

そう言って、アモンが扇子を動かす。俺の手元に、一つの手枷《てかせ》が現れた。

「……なんだこれは？」

「わしら魔王が万が一戦う場合、相手にその手枷をつけたら勝ちなんじゃ」

「いや、それが……どうなるんだ？」

「その手枷は魔王たちの能力を封じるんじゃ。ただし、つけてから十秒かかるから、相手を気絶させてつけたら勝利、ということじゃな」

「……なるほど、な。色々ありがとな」

俺はそれを腰のベルトに引っ掛けた。

「いいんじゃよ。わしもここでの生活は楽しいからの」

にこりと微笑《ほほえ》んだ彼女は、それから扇子をしまって体を起こした。

魔物たちのほうへと向かった彼女を見てから、俺も歩き出す。

俺が向かったのは、冒険者や騎士が集まっている場所だ。

俺が行くと、皆に声をかけられる。

さっきの戦いについての感想や、今後の状況などについて問われる。

それらに対して、軽く返事をしながらある程度注目を集めたところで、声を張りあげた。

「俺はこれから、迷宮攻略に向かう！　さっきの戦いで、近くに迷宮があることが確認できた！　俺たちはそれを破壊し、ここに戻ってくる！」

俺が言うと、冒険者たちが驚いたようにこちらを見ていた。

「また魔物が攻め込んでくるかもしれない！　その時は、みんなで町を守ってくれ!!」

その言葉に、不安そうな表情を浮かべる者もいた。

だからこそ、俺は続ける。

「あそこにいる魔物たちはすべて俺の仲間だ！　戦力として残していく！　冒険者たちは、マリウスの指示に従って動いてくれ！　以上だ！」

そこまで言ったところで、マリウスが刀を持ち上げた。

「そういうことだ！　ルードがさっさと迷宮攻略をしてくれるらしい！　もしもあまりにも遅かったら後で飲み代でも支払ってもらうぞ!!」

マリウスが笑顔交じりに叫ぶと、冒険者たちも同じように笑った。

……問題、なさそうだな。

俺はニンたちを一瞥《いちべつ》して、それからその場を離れた。

第二十話　魔王グリード

町を出て、しばらく歩いていく。

まずは、迷宮を見つけるところから始めなければならない。

……あまり長い時間をかけるわけにもいかない。おおよその目安はついている。

魔物がこちらへと侵攻してきたその通りのどこかにあるはずだ、と。

先頭を歩いていた俺の隣にサミミナが並んだ。

「あの、少し聞いてもよろしいですか？」

彼女の深刻そうな表情に、俺はうっすらと何を問われるのか予想がついた。

「どうした？」

「……先ほど、グリード、という名前をあげていました。これから挑む迷宮にその男がいるのですか？」

サミミナの表情は険しい。

今更、嘘はつけないし……つく必要もないか。

「ああ、恐らくな。アモンの感知魔法で……おおよそグリードが近くにいるということはわかっている」

「……そうですか」

俺の言葉を聞いたサミミナは腰に差していた剣を強く握りしめた。

「知っているんだな」

「もちろんです。ホムンクルスでその名前を知らない者はおりませんから」

「そうか。だが、あんまり力むなよ」

「わかっています」

そうは言うが、サミミナの表情は険しい。

共に歩いている時だった。

「あれ……迷宮の入り口じゃないですか？」

ルナが声をあげ、そちらを指さす。

岩の陰に隠れるようにして、その小山のような入り口は存在していた。

ここが入り口で間違いないだろう。

「みんな。準備はできているか？」

こくり、とそれぞれが頷《うなず》いた。

俺は皆とともに、迷宮の入り口を下っていく。

……グリードも俺たちが来ていることには気づいているだろう。

一階層に着いたが……広大な何もない空間だ。

グリードも、あまり迷宮の内装にこだわるタイプではないのだろうか？

それとも、一見して何もなさそうなこの空間に、実は何かが仕掛けられている――そういう可能性もあるだろう。

「みんな、特に罠《わな》に気を付けてくれ。グリードがどんなトラップを用意しているかわからないからな」

「わかってるわよ。あたしとリリィで罠の探知は行っていくわよ」

「……ああ、頼んだ」

二人がすぐに魔法を使用し、周囲の警戒にあたる。

俺も魔力を意識し、周囲を観察していく。

……何も、なさそうだ。

「あたしは何も感じられなかったわね。リリィはどう？」

ニンがリリィに問いかける。リリィは唇をぎゅっと結んだあと首を横に振った。

「私も何も感じられませんよ。ルード、たぶんここには何もないと思いますね」

「そうか。それなら、次の階層を探そうか」

「……私、今探知してみたんですけど、次に繋がる階段も見つからないんですよね」

「なんだと？」

なら、この迷宮の最下層はここだとでもいうのか？

不気味な状況に首を傾《かし》げていた時だった。

——強大な魔力が現れた。

俺は反射的に振り返り、そちらを睨《にら》む。

空間に穴が開き、そこに一人の男が現れた。

白衣に、眼鏡をかけた男だ。年齢は二十代半ばといったところだろうか。

微笑を浮かべながら、彼がこちらへと近づいてきた。

俺たちが武器を構えると、グリードは笑みを深めた。

「そう、殺気立たないでください」

そう言ってグリードは丁寧に腰を折り曲げた。

「私の名前はグリードと申します。まあ……あなた方はご存じの様子ですかね？」

……こちらの状況もある程度は理解しているようだな。

「グリード。今すぐに迷宮をしまい、投降しろ。そうすれば、命までは取らない」

俺の言葉にグリードは驚いたように目を見開き、それからくすりと笑った。

「おやおや。投降ですか？　それはまたどうして？」

「アバンシアに魔物を送り込んできたからだ。こちらの戦力を見ただろ？」

「そうですね。現在進行形で、送り込んでいるといったほうが正しいでしょうか」

グリードはそう言ってから、片手を動かした。

彼の魔法だろうか。空間の一部にアバンシアが映し出された。

そして……そちらへと向かって大量の魔物が侵攻しているところだった。

思わず、今すぐに彼へと攻撃を仕掛けそうになった。

しかし、これは罠《わな》だ。俺は小さく息を吐いてから、グリードを見た。

「悪いが、おまえの用意した戦力じゃ……アバンシアを落とすことは不可能だ」

「そうでしょうか？　こちらはほぼ無限のポイントで魔物を召喚し続けることができます。崩れるのは時間の問題でしょう」

「そうなる前に、俺たちがおまえを倒して、この迷宮を破壊するだけだ」

「そうですか。それは楽しみですね」

グリードはくすくすと笑い、それからサミミナとルナへ視線を向けた。

「ところで、ずっと気になっていたのですがそちらにいる二人はホムンクルスですね？」

グリードがそう言うと、サミミナは驚いたようにルナを見た。

それは、サミミナだけではなく、全員がそうだった。

――まさか、こんな形で明かすことになるとは思っていなかった。

ルナはグリードを睨《にら》みつけるようにして、一歩踏み出した。そして、胸元をわずかにずらし、ホムンクルスの証である魔石を見せつけた。

「はい……それが、どうかしたのですか？」

ルナは少しだけ緊張しているように見えたが、それでも毅然とした態度でグリードを睨んでいた。

「いえ——少し感動しているんですよ」

「……感動、ですか？」

そう言って、グリードは顎に手をやり、呟《つぶや》くようにして言う。

「随分と良い成長をしていますね。これまでの研究では見られない成長です。外での生活というものがホムンクルスたちの成長に繋がった……と。なるほどなるほど、どうですか、私の元に戻ってくる気はありませんか？」

「ありません。私のマスターは、ルード様、ただ一人です」

ルナがはっきりと言って短剣を向ける。

グリードは額に手をやり、それからやれやれといった様子で首を振る。

「そうですか。それでは——すべて奪い取ることにしましょうか」

グリードが敵意をむき出しに、こちらを見てくる。

先ほどまでの温和な表情から一転した好戦的な笑みだ。

彼の体から魔力があふれていく。

俺も大盾を構え、グリードと向かい合う。

と、俺の背中が軽く叩かれた。視線を向けると、ニンたちがこちらを見ていた。

「ルナ、ルード。なんで黙っていたのよ？」

「……悪かったよ」

「まったく、後でちゃんと説明しなさいよ、ルナ」

ニンはそう言って、にこりと微笑《ほほえ》んだ。

リリアもリリィも、同じように笑っている。

……大丈夫、だったな。

俺は一度息を吐いてから、気合いを入れ直す。

「……やるか」

「ええ、さっさと倒すわよ！」

ニンが声をあげ、魔法を放つ。俺の体が軽くなり、力も湧き上がってくる。

彼女の補助魔法だ。リリアとサミミナにも同様に魔法をかけていく。

こちらの準備は整った。グリードを見た。

彼の体は一回り大きくなり、全身はどこか黒色へと変化していく。

鬼のような二つの角が生え、背中には大きな翼があった。

「あまり、この姿にはなりたくはないのですがね」

グリードの声はそれまでの穏やかなものから、野太いものへと変わっていた。

彼はこちらをちらと見てから、にやりと口元をゆがめた。

「さて、全員殺して、新たなホムンクルスでも造りましょうか」

グリードが空中を蹴り飛ばすようにしてこちらへと向かってきた。

太い腕を振りぬいてきて、俺はその一撃に大盾を合わせた。

重い……っ！　外皮の力だけでは受け切れない。

俺は魔力を全身へと流し、思いきり弾いた。

グリードはすぐに距離を詰めてくる。だが、そこへリリアが斬りかかった。

彼女の一撃はかわされた。だが、サミミナが突撃する。

「ハァ!!」

サミミナに合わせ、グリードが拳を振り下ろす。だが、サミミナはかわさない。

サミミナの剣がグリードの左肩を斬るが、サミミナは思いきり叩きつけられる。

俺が突進すると、グリードは一度後退した。

サミミナが立ち上がり、剣を握り直す。

「大丈夫か？」

「ええ……。それよりも、ルード。あなた、今私の外皮を庇《かば》いませんでしたか？」

「……ああ、庇った」

「必要ありません。私のこの命は、ホムンクルスたちを救うためにあります。ですから、私を捨てるつもりで利用してくれて構いません」

「グリードを倒せれば、それでいいということか？」

「はい」

俺は決意を秘めた目をしているサミミナを一度睨《にら》み、肩を掴《つか》んだ。

「それなら、この戦いには参加するな」

「……なんでですか？」

「俺は誰も殺したくない」

「私はホムンクルスです。命などありません」

俺はグリードをちらと見てから、言い放つ。

「おまえたちを道具のように使っていた、おまえたちの嫌いな人間に、俺をしたいのか？」

「……」

「したくないのなら、命を捨てるような戦いをしないでくれ。いいな？」

「ルード……」

サミミナはそう呟《つぶや》いてから、悩むように唇を噛み、こくりと頷《うなず》いた。

グリードは片手をこちらへと向ける。

「のんびり、話している暇がありますかね!?」

彼の右手に集まっていた魔力から黒色の魔法が放たれた。まっすぐに伸びた黒い光の奔流が俺たちを飲み込むように襲いかかる。

「『マジックシールド！』」

ニンとリリィの声が響いた。

グリードの一撃が、二人の展開した防壁によって防がれた。

グリードは舌打ちをしてから、ニンとリリィを睨《にら》み、そちらへと飛行しようとした。

俺は走り出しながら『挑発』を放つ。

と、グリードの体が俺へと向いた。

「スキル、ですか。忌々《いまいま》しいですねッ！」

彼の一撃に大盾をぶつけた。

グリードの一撃にも、大盾は怯《ひる》まない。

全身に魔力を流す。大盾をわずかにずらし、グリードの力を受け流すように体を反転。

そして、俺は回し蹴りを叩きつける。

吹き飛んだグリードへ、一気に迫り、剣を叩きつけた。

「グア!?」

グリードの口から悲鳴が漏れた。

……見える、な。

魔力をまとっているからか、体が軽い。

グリードがすぐに俺から距離をとるが、左右から、サミミナとリリアが斬りかかった。

グリードが驚いたようにそちらを見て、魔法を放とうとした時だった。その魔法が解除された。

……ルナが使用した魔法が、相手の魔法を無効化したようだ。

グリードが慌てた様子で腕をあげる。その腕に、リリアの剣が突き刺さる。

彼の悲鳴が短く漏れ出たその瞬間だった。

隙だらけとなったグリードの胸へと、サミミナが剣を突き刺した。

「グア!?」

驚きの混じった悲鳴とともに、グリードが血を吐く。

飛行する力もないのか、グリードはそのまま地面へと落ち、かけたその瞬間に、右手から魔法を放った。

まっすぐにそれはリリアへと向かった。しかし、その間に防壁が現れる。

俺は一気にグリードへと迫り、倒れたグリードへと接近する。

グリードは口からだらりと血を漏らしながら、こちらを睨《にら》みつけていた。

「こ、この、よくも、よくも私を邪魔してくれ、ましたね」

息も絶え絶えに彼は言葉を漏らし、ピクリと腕が動いた。

俺はグリードの体を押さえつけ、持ってきていた手枷《てかせ》を彼の手につけた。

グリードが暴れていた力が一気に弱まった。

そして、彼は睨むようにこちらを見てきた。

「くそっ、くそ！　放せ！」

「放す、つもりはない。……サミミナ、悪いがグリードは重要な情報源だ。ブルンケルス国にいるホムンクルスを救えるかもしれないからな」

「……そう、ですね。わかっています」

サミミナはこちらをじっと見て、しっかりと頷《うなず》いてくれた。

大丈夫そうだな。

俺が倒れていたグリードを担ぎ上げようとした時だった。彼の胸元が見えた。

サミミナが突き刺した剣によって、服はわずかにはだけていて――その胸に埋まった魔石を見て、驚く。

アモンは知らないが、マリウスの胸にこんな魔石はなかった。いや、アモンだって時々抱きついてくる時があったが、こんな硬い感触などなかった。

それとも、別の場所に魔石が埋め込まれているのか……いや、それよりか、ホムンクルスの魔石である可能性のほうが――。

俺がはっとした次の瞬間だった。

強烈な魔力が空間に現れ、そしてこちらへと迫ってきた。

俺は反射的に大盾とともに駆け出した。

そして、構えた瞬間、黒色の奔流が襲いかかってきた。

その一撃を大盾で受ける。

だが――あまりにも強力だった。これまでに食らっていた一撃など、すべて子どもの遊びのようなものだった。

何とかこらえ切ったが、俺の両腕は痺れていた。

大盾を下げながら、そちらへと視線を向ける。

……そこには、グリードがいた。

「本物、か」

「一応、そちらのホムンクルスも……私の記憶や能力をコピーして作られたものですから、本物ではありますよ。ただ、少々――能力が低下してしまったようですが」

白衣をまとった男が、ゆっくりとこちらへ迫ってくる。

そうして、彼は俺たちの前で足を止め、笑顔とともに頭を下げてきた。

「私はグリードと申します。初めまして……という挨拶も不要ですかね。どうせ、すぐにお別れになりますからね」

そう言って、グリードの体が膨れ上がった。彼の体を魔力がまとい、そして――全身が黒く染まった。

先ほど見たグリードとは随分と違う。すっきりとした、黒い人間がそこにいた。

角や翼、ところどころにオレンジに近い赤色の線が入っている。

まるで、そういった模様の鎧《よろい》をまとっているかのようだった。

グリードはこちらを見てから、右手を向けてきた。

「……」

言葉を放つことはない。同時、黒色の矢が襲いかかってきた。

大盾で防ぐが、俺は体ごと弾かれる。

……あれほど小さな動きで、これだけの威力を出せるのか!?

俺はすぐに全身に魔力を込める。

駆け出し、『挑発』とともに接近する。向こうもまっすぐにこちらへと来て、拳を振りぬいてきた。

大盾で受ける。腕にわずかの衝撃が襲いかかる。

グリードが側面に回り、俺の体が蹴りつけられた。

弾かれた俺は転がるようにして起き上がる。追ってきたグリードへすぐに剣を振り上げるが、グリードの姿はない。

「ルード！　大盾を頭上にあげなさい！」

ニンの声が聞こえ、それに従うように大盾を上にあげる。

その瞬間、光の雨がいくつも降り注ぐ。

これは見たことがある。ニンの攻撃魔法だ。

グリードを狙っての範囲攻撃だったが、彼は逃げていく。

そこへ、脇から飛びかかったリリアが剣を振りぬいた。

逃げたグリードへ、水魔法を放ち、その体を弾いた。

……リリアリィか。

弾かれたグリードはすぐに体を持ち直し、突っ込んできたサミミナを蹴り飛ばした。

サミミナの体をルナが風魔法で受け止める。

「ガアア!!」

グリードが大きく吠え、翼を広げる。

その瞬間、彼の体のオレンジ色が激しく光った。

……なんだ!?

俺が警戒していると、グリードはまっすぐに俺へと襲いかかってきて、拳を振りぬいてきた。

一撃は、かわした。

二撃目を大盾で受けた瞬間——周囲が爆発した。

「くっ！」

かわしきれず、爆風に弾かれる。

ごろごろと地面を転がる。外皮を確認すると……ちょうどニンのヒールがかかったところだった。グリードの光が一度落ち着いた。彼はちらと俺たちを見る。そして、リリアリィへと突っ込んだ。

リリアリィの身体能力は非常に高い。だが、それでも彼女は防戦一方だった。

あの二人でも、これが限界なのか……っ？

リリアリィと一瞬目が合う。タイミングを見極め、俺は『挑発』を放つ。

グリードの意識がこちらへと向いた瞬間、リリアリィが突っ込んだ。

剣がグリードの体を斬りつけ、その体へリリアリィが風魔法を放った。切り刻まれたグリードだったが、黒色の光を放ち、リリアリィがそれに飲み込まれた。

大地を転がっていた彼女たちは『融合』が解除されたようで、地面を転がっている。グリードがそちらに視線を向けていた瞬間、俺は接近し、『生命変換』を発動する。

ここで、決めてやる！

「うぉお！」

振りぬいた剣がグリードへと当たる。これまでに食らっていたダメージは２００００近いだろう。

そのすべてを込めた一撃にグリードが吹き飛んだ。迷宮の壁まで吹き飛び、彼の体が叩きつけられた音が響く。

「ルナ、サミミナ！　リリアとリリィをニンのもとに運んでくれ！」

「わかりました！」

二人がすぐに動き出し、リリアたちを回収する。

地面に、着地する音がした。

それはグリードだ。

まさか、まだ生きているのか。まったく無傷というわけではないようだったが、まだまだ動けるようだった。

さすがに、強いな……っ。

俺の体に補助魔法がかかり、軽くなる。

しかし、こちらはすでにリリアとリリィが戦闘不能だ。どう、すればいいんだ？

ゆっくりと近づいてくるグリードと向き合い――そして、グリードが動き出した。

一瞬で距離を詰めてきたグリードの一撃に、殴り飛ばされる。

すぐに大盾を構え、攻撃を受けたが、重く、速い。

相手に合わせて剣を振りぬくが……魔力で強化しても、速度ではまったく勝ち目がない。

「ハァア！」

俺は魔力をさらに全身に流し、自分の体を強化していく。

だが、ぴきぴき、と体の内側に針でも入れられたような痛みが走る。

……肉体をはるかに超える強化で、限界を迎えているのかもしれない。

だとしても、やるしかないっ！

俺は思いきり剣を振りぬいた。グリードを捉えその右腕を切り裂いた。

グリードはそちらを一瞬だけ見た。しかし、彼は俺へと突っ込んできて、蹴り飛ばされる。

くそっ。外皮が一気に削られてしまった。だが――これでもう一度『生命変換』を使用するチャンスができた。

グリードがこちらへと迫ってくる。あと、少しだ。

奴が近づいてきたその瞬間に合わせ、叩きつけるんだ。

グリードが、一歩、また一歩と近づいてくる。

そして、俺の間合いに入った瞬間。俺は全身に魔力を流し、ありったけの力とともに剣を振りぬいた。

だが――

「ぐっ⁉」

そこに、グリードはいなかった。俺の『生命変換』は空を切り、グリードに殴り飛ばされた。

地面を転がり、俺は自分の外皮がなくなってしまったことに気づいた。

……くそっ。せめて、全員が逃げられるように時間は稼がないと。

魔力を込め、体を動かそうとしたが……痛みで動かない。

グリードはそんな俺を一度だけ見て、ニンたちのほうに顔を向けた。

「全員、逃げろ！」

俺は声を張りあげ、体を起こそうとした。だが、次の瞬間、黒の光に体が弾き飛ばされた。

痛みと疲労で、目の前が霞む。

早く、魔力を全身に流さなければ。しかし、魔力もうまく操作できない。

その隙にもグリードがニンやルナへと迫り、サミミナがその間に入る。

しかし、サミミナは本当に一瞬だけ足止めしたに過ぎなかった。

彼女は殴り飛ばされ、ルナが斬りかかるがその腹を蹴り飛ばされた。

ニンも近づき、魔法を放ったが、グリードはそれをかわし、殴り飛ばした。

……俺はこのパーティーのタンクなんだ。

三人の外皮がなくなったようだった。血を吐いていたルナが、よろよろと体を起こし、グリードへと斬りかかる。

しかし、ルナの一撃は空を切り、その小さな体が吹き飛んだ。

そちらへ、グリードはさらに近づく。

くそっ、くそっ！　動いてくれ！　頼む！

必死に体を起こすが、それでも思うように体は動いてくれない。

その時、だった。

グリードがルナの体を掴《つか》みあげ、その首をへし折ろうとした。

彼女は必死に抵抗していたが、それでもその小さな体では抵抗できるほどの力などあるはずもない。俺は、自分の体へとありったけの魔力を流しこみ、必死に体を起こし——全身を魔力が飲み込んだ。

軽くなった体とともに、地面を蹴りつけた。

グリードへと接近し、その体を殴り飛ばす。

吹き飛んだグリードが翼を動かし、空中で体勢を整える。

そして、突っ込んできた。拳が振りぬかれたのが見えた。

拳をかわし、その手首を掴み、地面に叩きつけた。

倒れたグリードが起き上がり、こちらへと拳を振りぬく。

だが、それをかわし顔面を殴った。

倒れたグリードを、さらにもう一度殴る。

殴る、殴る。殴り続ける。

「……アア！」

叫び、拳を何度も叩きつける。血が流れる。それでも、殴り続ける。

「ガア！」

楽しかった。ただ、この行動自体が。

何度でも、何度でもこれが壊れるまで続けよう。

拳を叩きつけ、グリードの顔面を殴り続ける。

魔力をさらに全身へと流し、何度も何度も叩きつける。

「ルード！」

誰かの声が聞こえた。視線をそちらに向ける。

そちらへと振り返る。同時、彼女へと近づく。

よく見えない。だが、まだ何かがいる。ならば、全部、全部破壊しよう。

そちらへと迫り、その腕を掴《つか》んだ。その瞬間、逆に俺の手首が掴まれた。

「正気に、戻りなさいよ！」

ばちっ！　と、頬に痛みが走った。

……同時、体の奥にあった魔力がわずかに消えた。

片腕を押さえていたニンが、見えた。

彼女が何かの魔法をこちらにかけたのだろう。

そのおかげで、少しだけ理性を取り戻せたんだ。

そして、次の瞬間、全身に再び魔力が流れる。……まずい。急いで体内に意識を向け、それを落ち着かせていく。再び、暴走しそうになる体を必死に抑えつける。

それから何度か深呼吸をして、魔力を抑え込んだ。

ここまでの魔力を使って、肉体強化をしたのは初めてだった。

これが、アモンの言っていた魔力に飲み込まれるな、ということなのだろうか？

……確かに、恐ろしいほどの力だった。あのままでは、俺も魔物と化していたかもしれない。

俺は自分の体をもう一度意識し、体内の魔力を抑えていく。

そうして、ようやく少しだけ落ち着けた俺は、改めてニンを見た。

「助かった、ありがとなニン」

「こっちも助かったわよ。結果的に、グリードを倒すことはできたんだからね」

ちらと、ニンはグリードを見た。

サミミナとルナが、彼に手枷《てかせ》をつけている。

「……そう、だな」

俺はグリードへと近づき、複雑そうな表情のサミミナを見る。

「悪いな、サミミナ。こいつは保護させてもらう」

「わかっています、ルード」

サミミナはそう言ってから、こちらを見て微笑《ほほえ》んだ。

……今までに見た笑顔でもっとも綺麗な笑顔だったかもしれない。

俺はグリードを担ぎ上げ、ふらつく体を引きずるようにして、歩き出す。

「早く、アバンシアに戻って状況を確認しよう」

「そうね……」

ルナとサミミナがそれぞれリリアとリリィを担ぎ、俺たちは揃って迷宮から脱出した。

○

迷宮から戻った俺は、ボロボロになったマリウスを見て驚いた。

町は……まったく傷ついていない。マリウス以外に、怪我《けが》をしている人もいなそうだった。

「マリウス！　無事なのか!?」

声をかけると、彼はボロボロの体でこちらを見て微笑《ほほえ》んだ。

「さ、さすがに……数が多くてな。ルードのようにうまく立ち回れなかったな」

そう言った彼は、そこで膝をついた。ニンが急いで治療を行う。

「……が、どうだ⁉　町は見事に守りぬいたぞ！」

そう言って彼はにこっと笑った。

「……ああ、そうだな。ありがとう、マリウス。今はゆっくり休んでくれ」

そう言うと、彼は笑みとともに目を閉じた。

俺はそれから、戦ってくれた冒険者や騎士たちを見た。

「みんな！　皆が町を守ってくれたおかげで、俺たちは迷宮の守護者を倒すことができた！　ありがとう！」

声を張りあげると皆から歓声があがる。

「すげぇ！　ルード！　本当にこの短時間で迷宮を攻略してきやがった！」

「やっぱり、ルードは最強の冒険者だな！」

「ハハッ、信じて良かったぜ！　本当にな！」

俺は彼らに声をかけられながら、代官のもとへと向かう。

そして、代官の前にグリードを置いた。未だ意識がないグリードを、騎士たちがすぐに厳重に縛っていく。

「こ、こいつは何者だ？」

「魔王、だそうです。ブルンケルス国にて、ホムンクルスの製造を行っていたと、本人が話していました」

「そ、そうか。よく、倒してくれたな。まさか、伝説の魔王と戦えるような冒険者がいるなんて……まさに、勇者じゃないか」

代官は嬉《うれ》しそうに口元を緩める。

勇者、か。懐かしい響きだな。

「そんなことはありません。みんながいなければ……たぶん、俺はここにはいませんでしたから」

ニンに止めてもらっていなかったら、俺はきっと――。

そのことを思い出していると、疲労で膝が沈む。

……さすがに、そろそろ限界かもしれない。

「申し訳ありません。俺は少し休ませていただきます」

「あ、ああ。……ゆっくり休んでいてくれ。あとのことは、こちらでやっておこう」

代官の返事に俺は頷《うなず》き、そのまま意識を手放した。

エピローグ　王国軍騎士

俺は一日ほど眠って、それから目を覚ました。

グリードはすぐに王都へと運ばれたという。

そこで、グリードから詳しい情報を聞き出そうということらしい。

もう、後は上の判断を待つしかない。

俺はいつもの通りにクランハウスへとやってきて、そこにいたアモンに声をかける。

「おっ、もうすっかり元気になったようじゃのぉ」

「そっちもな」

グリードの迷宮が消滅したのも確認している。

風魔法で空中を楽しそうに動いていたアモンは、それから扇子を開きこちらを見てきた。

「それにしても、グリードによく勝てたのぉ。奴は、第二形態の変身をしたのではないかえ？」

「……なんだそれは？」

「人型の悪魔みたいなものにならなかったかえ？」

「ああ……、なったな」

「それは、単純に魔物に変身するよりもずっと強いんじゃよ。それに勝てるとは思わなかったのぉ」

アモンはくすくすと笑っていた。

……いや、普通にしていたら勝てなかっただろう。

「俺も、変身していたんだ」

「ほぉ……それはまた興味深いのぉ」

「ほとんど、理性はなかった。ただ、グリードを倒さなければと思って……気づいたら力があふれ出してな。すべてを破壊する……その考えに支配されていたんだ。あの時、ニンに止めてもらえなかったら、どうなっていたことか……」

アモンが扇子を開いては閉じてを何度か繰り返す。

それから、ぱちんとひときわ強く閉じた。

「おぬしはやはり特別なようじゃ。見てはおらんからわからんが、おぬしにも魔王としての才能がある。修行次第では、それらの力を身につけられるかもしれぬの」

……制御、しておかないといけない力であるのは間違いない。

俺はアモンの言葉に頷《うなず》いた。

「それならアモン。俺に指導してくれないか？」

「ほぉ、魔王を目指すのかえ？」

「いや、別に目指しはしないが……また暴走してみんなに迷惑をかけたくはないからな」

「それは良い心がけじゃな。どれ、わしが指導してやろうかの」

ウキウキといった様子でアモンが腕を回す。

その時だった。

クランハウスの扉が開き、騎士が入ってきた。

……町では見かけない騎士だな。

先頭に立っていた女性が切れ長の瞳とともにこちらを見てきた。

「貴殿がルードだな？」

「……え、あ、ああ」

「私は騎士団長、ベルトリアだ。ルード、王都まで同行してもらおうか」

ベルトリアは腰に差していた剣へと手を伸ばし、それからこちらを睨《にら》みつけてきた。


〈『最強タンクの迷宮攻略 4』へつづく〉

付録　女湯

「……それじゃあ、今日から公衆浴場が始まった。まずは、最初の客として俺たちが入ってくるな」

ルードの挨拶が終わって、マニシアたちは公衆浴場へと歩き出した。

マニシアは背後を見た。そちらにいたのはルナだ。

ルナはホムンクルスであることを隠しているため、今回風呂には入らない。

ルナを気づかわしげに見るマニシアに、ニンが話しかけた。

「どうしたの？」

「ああ、いえなんでもないです」

マニシアは笑みで返しつつ、ニンたちとともに女湯へと向かった。

まずは更衣室だ。

木造の室内に、問題はない。それぞれ、着替えるために用意された棚へと向かい、マニシアたちは服を脱いでいく。

そうしながら、マニシアの視界の端ではリリアとリリィがちょうど服を脱いでいた。

「お姉ちゃん、早く行きましょう！」

「もう、いきなり抱きつかないで……」

脱ぎ終えたリリィがぴょんとリリアに抱きつく。リリアは少し恥ずかしそうにしていたが、すぐに二人は連れだって浴室へと向かう。

そんな彼女たちを見ながら、マニシアも服を脱いでいく。

「それにしても、こういったしっかりとした風呂は久しぶりじゃのぉ」

アモンがそう言うと、ニンが首を傾《かし》げた。

「魔王たちって風呂とか入るの？」

「当たり前じゃ、わしらを何だと思っているんじゃよ。わしらだって、普通の人間とそう変わらぬよ」

「へぇ。あっ、マニシア準備できたのね？　行きましょうか」

服を脱ぎ終えたマニシアは、タオルを一枚持っていく。

「はい、ニンさん」

ニン、アモンとともにマニシアは浴室へと向かった。

扉を開けると、むわりとした煙が肌を襲う。

マニシアはそちらを見ながら、

「わぁ……っ！　大きいですね！」

「そうね。あー、ルナも来てくれればよかったのに」

ニンが残念がるようにそう言って、肩を落とした。

「仕方ありませんよ……あまりルナさんは人に裸を見せるのが好きじゃありませんので」

濁すように微笑《ほほえ》んでおいた。

それでも、ニンは未だに少し残念そうであった。

「まあ、いいわ！　今日はマニシアで満足しておくわ！」

「……え？　私がなんですか？」

「洗い合うのよ！　あたし、こうやって誰かと一緒に洗い合うのを楽しみにしていたのよね！　リリアとリリィはいっつも二人で洗ってるのよ。一緒にパーティー組んでた時、いつもああだったから」

そう言ってニンがびしっとリリアとリリィを指さした。

二人は用意された桶《おけ》を椅子に見立てて座り、お互いに体を洗い合っていた。

石鹸の泡を投げるようにして遊ぶリリィと、それを苦笑しながら注意するリリア。

「……いつも通りですね、お二人は」

「そうね。そういうわけで、いつも仲間外れにされていたから、たまにはマニシアと一緒にと思ったのよ！　ほら、マニシア、行きましょう！」

嬉《うれ》しそうにニンが微笑み、マニシアの背中を押した。

マニシアもそんな彼女に連れていかれるままに歩いていく。

マニシアとしては、姉ができたような気分で嬉《うれ》しさ半分、恥ずかしさ半分といったところだった。

「待て待て、わしをのけ者かえ？」

「えー、アモンも混ざりたいの？」

「そりゃあ、仲間外れは寂しいからの、というわけでうまく三人で洗い合うというのはどうじゃ!?」

マニシアはその光景を想像してみた。

とても洗いにくそうな場面が想像される。

「えー、無理じゃない？　今回はパスってことで」

「むーっ、わかったんじゃよ！　わしは寂しく一人で隅のほうで洗っておるからの！」

ぷんっ、と頬を膨らませる。

「冗談よ冗談。あとで洗ってあげるわよ」

「そ、そうかえ？　それじゃあ、わしは待っておるからの」

アモンが無邪気に微笑《ほほえ》み、ニンもまた苦笑する。

「に、ニンさん私自分で洗えますから、大丈夫ですよ」

桶《おけ》に座ったマニシアは、後ろに立ったニンに髪を撫でられ、急に恥ずかしさが増してきた。しかし、ニンは笑いながらマニシアの髪に触れた。

「たまにはいいじゃない。ほら、じっとしてて」

「……は、はい」

ニンが優しい動きとともにマニシアの髪を洗っていく。

マニシアは緊張しながら、ちらとニンを見て、口元を緩めた。

「どうしたのマニシア？」

「あー、その。私もこうやって誰かと遊んだりできるんだなぁって思いまして」

体が弱かったころはこのようなことは思ってもいなかった。

マニシアの心に反応するように、髪が揺れる。それをニンが掴《つか》んで優しく洗っていった。

「だいぶ、体の調子も良くなっているのよね？」

「はい」

「それなら、いつかは旅だってできるようになるわよ。最強兄妹として冒険者になれるかもしれないわよ？」

「……私、そんなに強くないですよ」

「でも魔法の才能はあるってアモンも褒めていたわよ？」

マニシアもできることが増えればということで、アモンから魔法を教えてもらっていた。

その時を思い出し、マニシアが苦笑していると、

「こら、リリィ。泳がないの」

「わー、ごめんなさいお姉ちゃん」

頭と体を洗い終えたリリア、リリィが風呂に浸かっていた。リリィを押さえつけるようにリリアが掴《つか》み、リリィは嬉《うれ》しそうに姉へと抱きついている。

二人の仲良しっぷりに苦笑していた時だった。

ニンの手が止まった。

「ニンさん、どうしたんですか？」

マニシアは振り返るようにしてニンを見た。

ニンは険しい顔とともに、ある方角を見ていた。

「……なんか、向こう側が騒がしくないかしら？」

ニンの言葉に、皆が反応した。

「――おまえら何しようとしているんだ」

その声はルードのものだった。

壁を破るように響いた声に、皆が反応した。

「ルード？　どうしたのかしらね？」

「ほほほ、あれじゃろう？　大方男連中が女湯でも見ようとしているんではないかえ？　わしのナイスバディが見たくての！」

ふふん、とアモンが胸を張る。そこそこに成長した胸に、ニンを含めて皆が一度自分の胸を見てから、きっとアモンを睨《にら》む。

「わ、わっ！　そ、そう怒るでない！　悪かったからの！」

アモンはぶんぶんと首を振る。その時だった。さらに声が響いた。

「か、壁に小さな穴を開けて見るんだよ！　そのくらい、いいだろ⁉　ばれなければ！」

「やっぱり、馬鹿なこと考えるわね」

ニンがあきれた様子で肩を竦《すく》める。

リリアとリリィも風呂からあがり、タオルを体に巻き付けていた。

「もし来たら、記憶が吹き飛ぶくらいの攻撃をしないと」

「は、はい……魔法の準備はしてありますよ！」

「あたしもよ」

ニン、リリア、リリィはすでに臨戦態勢に入っていた。

マニシアは彼女らの気迫に苦笑しながら、ささっと距離をとる。

「頼むよルード！　オレの一生の頼みなんだ！」

「ダメに決まってるだろ。マニシアがいるんだぞ⁉」

ルードの声が響き、マニシアは頬が熱くなった。

「に、兄さん……恥ずかしいことを言わないでください」

呟《つぶや》くように言いながらも、マニシアは兄にならば見られても良い、そんな心境とともに口元を緩めていた。

「うるせぇ！　おまえだけずるいぞ！　オレだって、オレだってリリア様の裸が見たいんだよ！」

「まるで俺が見たことあるみたいに言うんじゃないっ。ダメに決まってるだろ、マニシアだっているんだ！」

ルードの声が響き、ちらとリリアに視線が集まる。

「……まさかリリア。ルードを誘惑したことないわよね？」

ニンが驚いたようにリリアを見て、リリアは顔を真っ赤にして首を振った。

「あるわけない！」

「そう？　それならいいわ」

ニンがほっとしたように息を吐き、リリアは視線をそらした。

その時、リリィが腕を組んで頷《うなず》いた。

「お姉ちゃんに目をつけたところは評価しますね。けど、ダメです。お姉ちゃんは私のものですから！」

リリィが堂々と宣言した時だった。

「頼むよ！　リリィさんの胸が見たいんだ！」

「ひぅ!?」

突然名指しされ、リリィが顔を真っ赤にした。同時、リリアが壁へと向かって走り出す。

「殺す！」

「わー、待って待って！　見られちゃうわよ！　アモン押さえるの手伝って！」

「……ところでじゃ。なぜ誰もわしを指名しないんじゃ？　というか、わしまだ体も頭も洗ってもらってないんじゃが……」

「あとでやるから、ちょっと手伝って！」

アモンが不服そうにしながら、リリアを押さえに向かう。

ニンとアモン二人でようやく押さえていると、

「オレはニン様のだ！」

「オレはマニシ――ぶへ!?」

次々にそんな声が響いていく。

男湯の人々にあきれていた時だった。

ルードの声が響いた。

「いいか⁉　今おまえたちが言った子たちは、みんな似たようなサイズなんだから全員妄想で我慢しておけ！　これ以上騒ぐのなら、騎士を呼ぶぞ⁉」

「き、騎士を出すなんて卑怯だぞ！」

「うるさい。俺の目が黒いうちは、マニシアの裸を他人になんて見せるか！」

「お、男の敵めー！」

マニシアはちらと、ニン、リリア、リリィを見た。

「……」

「……」

「……」

彼女らは、自分の胸を見た後、見比べるように立ち上がる。

アモンがくすくすと笑ってから、腰に手を当てる。

「わしがこの中では一番じゃな！」

「あぁ……？」

ニンがどすの利いた声を響かせる。

次の瞬間、リリアがアモンの背後に回り、その体を羽交い絞めする。

「な、なんじゃおぬしたち！」

「この胸、とってあげるわよ！　むっ、柔らかいわね！」

ニンがそう言ってアモンの胸を掴《つか》んだ。

「い、いや、やめるんじゃ！　離すんじゃ！」

「余計なことを言った罰です！　むぅぅ！　お姉ちゃんにはないものです！」

「リリィ！　余計なこと言わないの！」

ばたばたと暴れるアモンの胸へ、さらにリリィがアタックし、リリアが叫ぶ。

マニシアは、その光景に苦笑しながらも、どこか楽しんでいた。

アモンが解放されたのはそれから数分が経ってからだ。疲れ切った彼女はその場で横になっていた。

「次は、ルードにもお返ししないとね」

「うん、そうだね」

「はいっ」

三人が口元を緩めたのに合わせ、マニシアもそちらに近づく。

「そうですね、失礼なことを言った兄さんを痛い目に遭わせないといけませんね」

マニシアたちは顔を見合わせ、それから待っているであろうルードの姿を思い浮かべるのだった。

ヒーロー文庫

最強《さいきょう》タンクの迷宮攻略《めいきゅうこうりゃく》 3

木嶋隆太《きじまりゅうた》

2020年7月10日　第1刷発行
2024年1月31日　第2刷発行

発行者　廣島順二

発行所　株式会社　イマジカインフォス
〒101-0052 東京都千代田区神田小川町 3-3
電話／03-6273-7850（編集）

発売元　株式会社　主婦の友社
〒112-8675 東京都文京区関口 1-44-10
電話／049-259-1236（販売）

印刷所　大日本印刷株式会社

ISBN 978-4-07-443915-7